KB153456

장찬영 _
우연히 시작한 인터넷 펜팔, 그 친구들을 만나기 위해 세계일주를 떠났다.
2009년 8월 11일부터 2011년 1월 22일까지 529일 동안
5대륙 23개 나라를 떠돌았다. 귀국 후 학교를 마치고
지금은 물류 회사에서 수출입 업무를 맡아 평범한 직장인으로 산다.
여행 강연과 칼럼을 병행하며 여행의 꿈을 다시 키우고 있다.
책 〈세계일주, 카우치서핑부터 워킹홀리데이까지〉를 썼고,
2014년부터 '한국관광신문'에 세계일주 칼럼을 연재하고 있다.

@dartanyang_traveler
facebook.com/dartachang
blog.naver.com/dartanyang

1년 6개월간의
세계일주 그 후..

그래서 이제 뭐 하지?

EASY & BOOKS

'그래서 이제 뭐 하지?'

자고 일어나서 눈을 떠보니 대한민국의 내 방에 누워 있었다.
생각해보니 세계일주를 통해 목표했던 것을 모두 이루었다.
모든 것이 완벽했다. 내 여행이 한편의 영화였다면 이 스토리는
여기서 해피엔딩으로 끝이 나고 크레딧이 올라가야 맞다.

하지만 마지막에 떠오른 질문 하나.
'그래서 이제 뭐 하지?'

Contents

Part 3.

세계일주 준비

Part 4.

세계일주 #01

Contents

Part 5.
세계일주 #02

Part 6.
세계일주 그 후

Epilogue

삶이 있어야 여행도 있다

Part 7.
세계일주 고민 상담소

세계일주를 다녀온 후 많은 사람들이 물었다. "어디가 가장 좋았나요?", "돈은 얼마나 들었죠?"라는 질문도 많이 받았지만 그와 비슷하게 많이 받은 질문이 있다.

"세계일주 경력이 취업에 도움이 되나요?"
"세계일주 경력이 재취업에 도움이 되나요?"

누구나 꿈꾸는 세계일주지만 그 이면에는 여행 후의 삶에 대한 걱정거리가 있다. 지금 움켜쥐고 있는 것들을 내려놓고 세상을 향해 박차고 뛰쳐나가고 싶지만 무턱대고 뛰쳐나갔다간 놓아야 할 것들이 너무나 많다. 세계일주를 떠나면서도 한국으로 돌아온 후의 삶을 고민하는 모습, 남들보다 뒤처지는 것은 아닌가 걱정하는 모습을 많이 봤다.

여행이 끝나면 우리는 일상으로 돌아와야 한다. 우리가 긴 여행을 주저하는 이유는 그 이후의 삶을 아무도 보장해주지 않기 때문이다.

그 많은 세계일주 여행자들은 여행을 마치고 무엇을 하고 있나? 한때 이슈가 되었던 많은 세계일주 여행자들의 이야기는 무용담과 특별함으로 언론의 이슈가 되지만 그것도 잠시, 그들은 곧 자취를 감추고 만다. 여행을 해피엔딩으로 끝낸 후 일상으로 되돌아간 그들의 삶은 어떠할까?

현실 도피하지 않는 이상주의자

나는 세계일주를 마치고 학교를 졸업한 후 지난 7년째 물류회사를 다니는 평범한 직장인으로 지내고 있다.

별다를 것 없는 평범한 어느 날, 오전 9시까지 출근해야 하는 나는 늘 그렇듯 7시에 집에서 나와 지하철을 타고 회사로 향하고 있었다. 자리를 잡고 앉아 회사로 향하던 중 피로를 풀 겸 눈을 감고 고개를 숙여 잠을 청하고 있었다. 그렇게 얼마나 흘렀을까, 내가 내릴 곳을 지나친 것이 아닐까 하는 생각에 눈을 뜨고 주변을 둘러보았다. 그때 내 앞에 서 있던 아저씨가 하는 말이 들렸다.

"현실 도피하지 않는 이상주의자"

무슨 소리인가 고개를 들어 보니 사촌형이 나를 내려다보고 있었다. 종종 출근길에 마주쳤던 사촌형이 오늘은 내 앞에 서 있었던 것이다. 형은 피곤에 지친 채 졸고 있는 나를 깨우지 않고 한참을 측은하게 내려다보다가 혼잣말을 한 모양이다. 형에게 방금 무슨 말을 했냐고 물어보니, 자신이 하고 싶은 것을 다 하면서 이렇게 아침 일찍 피곤한 모습으로 출근하는 나를 보니 '현실 도피하지 않는 이상주의자'라는 생각이 들었다고 말해주었다.

현실 도피하지 않는 이상주의자…. 그 날 이후 이 말은 나의 좌우명이 되었다. 주변 사람들은 세계일주 후 기존 사회적 틀에서 한참을 벗어나 있던 내가 다시 그 틀 안으로 돌아오지 않고 자유로운 영혼으로만 살아갈 줄 알았다고 했다. 나는 책을 내고 신문, 잡지에 칼럼을 쓰며 전국 곳곳에 강연을 다니는 조금 특별한 삶을 살고 있었다. 동시에 아침 일찍 일어나 지하철에서 졸면서 출근하는 평범한 삶에도 최선을 다하고 있었다. 사촌형은 지하철에서 조는 나를 보면서 현실에서 도피하지 않은 채 이상향을 추구하는 이상주의자의 모습을 보았다고 했다.

파울로 코엘료의 소설 〈연금술사〉에는 행복을 좇는 젊은이에 대한 이야기가 나온다.

행복의 비밀을 찾기 위해서 세상에서 가장 뛰어난 현자를 찾아간 젊은이는 그에게 행복의 비밀이 무엇이냐고 물어본다. 현자는 기름 두 방울이 담긴 찻숟가락을 건네고는 자신의 저택을 구경하라고 보낸다. 그리고 집을 구경하는 동안 찻숟가락의 기름은 한 방울도 흘려서는 안 된다고 말한다. 젊은이는 기름을 흘리지 않기 위해 찻숟가락에서 눈을 떼지 않고 집을 둘러본 후 현자에게 돌아왔다. 현자는 자신의 집의 정교한 페르시아 양탄자와 아름다운 정원 그리고 서재의 훌륭한 책들을 보았냐고 물어본다. 기름을 흘리지 않기 위해 찻숟가락만 보고 돌아다닌 젊은이는 아무것도 보지 못했다고 대답한다. 현자는 젊은이에게 이 번에는 편안한 마음으로 찻숟가락을 다시 들고 저택의 아름다운 것들을 살펴보라고 보낸다. 편안한 마음으로 찻숟가락을 들고 저택의 모든 예술품들과 정원 그리고 화려한 꽃들을 자세히 살펴보고 돌아온 젊은 이는 자신이 본 것을 현자에게 말해주었다. 하지만 찻숟가락의 기름이 흘러 없어진 것을 뒤늦게 발견하였다. 그리고 현자는 말했다.

"행복의 비밀은 이 세상 모든 아름다움을 보는 것, 그리고 동시에 숟가 락 속에 담긴 기름 두 방울을 잊지 않는 데 있도다."

우리는 세계일주를 꿈꾸며 일상에서 벗어나 좋은 사람들과 멋진 풍 경을 보고 맛있는 음식을 먹으며 즐겁게 여행을 다니고 싶어 하지만 결 코 여행이 끝난 후의 삶을 외면해서는 안 된다. 숟가락의 기름 두 방울 을 잊으면 안 되는 것이다. 우리는 일상을 살아가며 현실을 도피하지 않은 채 이상을 꿈꾸며 살아가야 한다.

나는 세계일주를 마친 후 내가 얻은 것과 흘려버린 찻숟가락의 기름 두 방울에 대해 말을 하고 싶어 이 책을 쓰게 되었다.

Part 1.

여행을 마치고

영화였다면
해피엔딩

"지금 전방에 부산이 보이기 시작합니다."

카멜리아호에서 저 멀리 부산을 바라본 풍경

후쿠오카에서 부산으로 향하는 카멜리아호 선실에 누워 졸고 있던 나는 전방에 부산이 보인다는 안내방송 소리에 잠에서 깨 밖으로 뛰어나갔다. 1월 한겨울의 칼바람을 뚫고 뱃머리 넘어 수평선 끝을 바라보니 희미하게 우리나라가 보이기 시작했다.

너무나 그립던 나의 고향 나의 땅 대한민국!
드디어 나는 돌아왔다!

2년 전 세계일주를 떠나겠다고 큰 다짐을 하고 인천에서 배를 타고 중국으로 향했던 것이 엊그제 같은데 어느덧 해를 두 번 넘기고 귀국하게 되었다. 여행을 결심하며 세웠던 '호주에서 돈을 벌어 세계일주를 다녀온다', '펜팔 친구들을 모두 만나고 온다'는 두 가지 목표를 모두 이루었다. 부산으로 입국하는 장면은 나의 세계일주 마지막 장면으로 마음속으로 수백 번 수천 번 꿈꾸었는데 그 순간이 내 눈앞에 다가온 것이다.

2011년 1월 22일, 일본 후쿠오카에서 배를 타고 부산에 들어왔다. 부산국제여객항 부산약국에서 감격에 찬 눈물의 박카스를 한 모금에 삼키고 KTX를 타고 서울로 향했다. 역에 마중 나온 친구들의 환영을 받고 집에 도착하니 부모님께서 환영 음식을 차려놓고 기다리고 계셨다. 드디어 도착한 따뜻하고 포근한 집, 여행을 다니며 항상 그리워하던 곳이었다.

정든 물건이 가득한 내 방에 들어왔을 때 맨 처음 느낌은 우선 참 알록달록했다. 매번 가격이 가장 저렴한 여행자 숙소에서 머물다 보니 방 안은 어두침침했고 매트리스는 늘 푹 들어가 있었다. 침대에 오랜만에 누워보니 익숙하면서도 묘하게 낯설었다. 카메라를 책상에 올려두는데 웃음이 나왔다. 이제 카메라며 지갑이며 아니 그 무엇이라도 책상에 두고 잃어버릴 염려 없이 밥도 먹고 화장실도 가고 잘 수도 있다니. 집에 왔다는 걸 실감할 수 있었다.

짐을 침대 위에 내려놓고 책상 앞에 앉았다. 벽에는 세계지도가 붙어 있었다. 내가 여행을 떠나기 전 매일 꿈을 꾸며 세계일주 루트를 짜던 흔적이 그대로 남아있었다. 책상 앞에 앉아 세계지도를 하염없이 바라보니 이리저리 루트를 짜며 공상에 잠겼던 시절들이 머릿속에 흘러 지나갔다. 그 많은 공상의 장소들이 이제는 현실의 추억이다. 내가 이 자리로 돌아왔다는 것이 꿈만 같고 믿기지 않았다.

세계일주를 떠나던 날 아침 어머니에게 부탁드렸다.

"엄마! 내 방에 있는 물건 아무것도 건드리지 마세요!
알겠죠?"

어머니는 알겠다고 대답하셨다. 나는 해를 두 번 넘겨 돌아왔는데 책꽂이에는 놀랍게도 내가 세계일주를 떠나기 전날 밤에 먹었던 과자봉지까지 그대로 있었다. 어머니는 정말로 내 방 물건을 아무것도 건드리지 않으셨다. 정말로 세계일주를 다녀오기는 한 것인가? 나는 지구를 한 바퀴 돌아 이곳으로 왔는데 모든 것이 그대로다. 원래 이 방에 있었던 것처럼 아무것도 변하지 않은 이곳에 나는 되돌아왔다.

자고 일어나서 눈을 떠보니 나는 대한민국의 내 방에 누워 있었다. 생각해보니 세계일주를 통해 목표했던 것을 모두 이루었다. 모든 것이 완벽했다. 내 여행이 한 편의 영화였다면 이 스토리는 여기서 해피엔딩으로 끝이 나고 크레딧이 올라가야 맞다. 하지만 마지막에 떠오른 질문 하나.

'그래서 이제 뭐 하지?'

세계일주를 다녀오면 뭔가 확실한 목표 또는 삶의 기준이 생길 줄 알

왔다. 내가 생각하지 못한 것을 발견하거나 내가 하고 싶은 것을 찾을 수 있을 것이라 생각했다. 여행을 떠나기 전 '여행을 다녀와서 뭐 하지?'라는 질문에 대한 나의 대답은 '다녀와서 고민하자'였다. 여행 후의 시간은 오지 않을 것 같았고 눈앞의 여행만 빨리 떠나고 싶었다. 그런데 시간 참 빠르다. 어느덧 세계일주는 끝났고 미뤘던 질문에 답을 해야 했다. 이제 뭐 할 건데?

여행을 떠나기 전 수많은 친구들이 물어보았다.

"세계일주를 간다고?"
"돈은?"
"영어는 잘해?"
"갔다 와서 뭐 할 건데?"

여행을 마친 지금 이 질문에 대답을 하자면 돈은 내가 아르바이트로 힘들게 벌었다. 영어도 잘하진 못하지만 서바이벌 영어로 무리는 없었다. 그럼 이제 "갔다 와서 뭐 할 건데?"라는 질문이 남았다. 2014년 월드컵 때 이영표 해설위원 말대로 좋은 경험했다 치고 마는 게 아니라 증명해야 할 무대로 들어온 것이다. 사람들의 시선 때문에 내가 선택한 세계일주가 옳았다는 것을 증명해야 했다. 그때는 그래야 한다고 생각했다. 나는 스스로 몰아붙이기 시작했다.

절대로 출퇴근을 하는 평범한 삶은 살지 않겠다고 다짐했다. 그것만큼 지루하고 재미없는 삶은 없다고 생각했다. 세계일주까지 다녀왔으면서 남들과 똑같이 살 수는 없었다. '난 특별한 일을 할 것이다'라고 생각했다. 하지만 그런 특별한 일이 무엇인지에 대해서는 막연하게만 생각했다. 나는 내가 하고 싶은 일이 무엇인지 모르고 있었다. 어느 순간 나는 세계일주의 족쇄에 걸려버렸다.

　내가 가장 하고 싶은 건 세계일주였는데 목표를 이루고 나니 여행을 떠나기 전 내 방의 과자 봉지처럼 무기력하던 대학생 시절의 나로 돌아와 버렸다. 내 행동, 생활습관, 머릿속 고정관념이 세계일주 전 그대로, 목표 없이 방황하던 자리로 돌아오는 데에는 시간이 얼마 걸리지 않았다.

"세계일주 헛다녀왔네"

세계일주를 마치고 입국한 지 3주째 되던 날이 설이었다. 가족과 친척들의 관심사는 단연 나였다. 세계일주를 마치고 모든 가족이 처음으로 모이는 날, 친인척 가족들은 나에게 이런저런 질문들을 하였다. 할머니 산소에 성묘하러 가는 길에 둘째 삼촌이 물었다.

"너 그렇게 많은 세상을 둘러보고 어디 살고 싶은 곳이 있냐?"

그 질문을 듣고 나는 주저했다. 너무나 많은 생각들이 머릿속을 스쳐 지나갔기 때문이다. 질문의 의도는 내가 여행했던 그 많은 나라 도시들 중에서 내가 정말 살고 싶을 만큼 좋았던 곳이 어디인지를 묻는 것이다.

내 마음속에서 그 대답은 바로 나왔다. 남미 대륙 서쪽에 기다랗게 위치한 나라 칠레, 그 칠레의 중부 발파라이소(Valparaiso) 주 서부의 비냐델마르(Vina del Mar)라는 휴양 도시였다. 이 도시에서 살고 싶은 이유는 깨끗하게 꾸며진 해변과 그 옆의 언덕 위에서 깎아지듯 절벽 아래로 바라보이는 바다의 풍경이 너무나 멋졌기 때문이다. 무척이나 한적하고 평화로워 보이는 그 해변 옆에는 높은 아파트가 한 채 있었다. 거기 살면 이 풍경을 매일 볼 수 있을 테니까 내 대답은 "칠레의 비냐델마르라는 도시에서 살고 싶었어요"여야 했다. 하지만 나는 그렇게 대답하지 못했다. 왜 그랬을까?

질문을 듣는 순간 나는 비냐델마르에서 살게 된다면 '집은 어떻게 구하지?', '돈은?', '스페인어는?', 그 짧은 시간에 이 말도 안 되는 고민들을 하느라 삼촌의 질문에 대답을 하지 못하고 머뭇거렸다.

오랜 시간 넓은 세상을 둘러볼 땐 유유자적 자유로운 영혼이었다. 하지만 우리나라 현실로 돌아오는 건 순간이었다. 3주가 채 지나기도 전에 지극히 현실적인 생각을 하고 있었다. 벌써 취업 준비에 찌들어버린 대학생이 되어버린 건가? 2년 동안 넘쳤던 상상력과 자신감은 어디로 사라졌을까? 내가 머뭇거리자 삼촌이 말했다.

"너 그렇게 오랫동안 세상을 둘러보고도 살고 싶은 곳이 없구나? 세계일주 헛다녀왔네."

나는 "살고 싶은 곳이 너무 많아서요"라고 대답하고 얼버무리고 말았다.

"넌 도대체 뭘 배운 거냐?"

"넌 세계일주를 통해서 도대체
무엇을 배운 거냐?"

브라질 리우데자네이루의
거대 예수 조각상

　나도 묻고 싶다. 난 무엇을 배웠나? 많은 사람들이 물어보지만 나도
그 답을 모르겠다.
　학교 후배가 나에게 물어보았다.

"세계일주 후 뭐가 달라졌어요?"
"세상을 바라보는 시야가 넓어진 것 같아."

바보 같은 대답이었다. 대답을 해놓고 쥐구멍에 숨고 싶었다. 솔직히 나는 달라진 게 없으니까. 세상을 바라보는 시야가 바뀌었는지 잘 모르겠다. 세계일주를 다녀온 건 나고 내가 그렇게 느꼈다면 그게 사실이지만, 사실 난 그렇게 느끼지 않았다. 무언가 그럴듯한 대답을 하고 싶었을 뿐이었다.

신기하게도 바뀐 것이 한 가지 있었다면 바로 나를 바라보는 사람들의 시선이다. 내 주변 사람들은 나에 대해 기대감을 갖는다. 무일푼이었지만 아르바이트로 돈을 모아 세계일주를 하고 돌아온 나에게 부모님은 "이제 너만 믿고 살면 되겠다!"라고 말씀하셨다.

나는 대부분의 사람들이 떠나고 싶어도 떠나지 못하는 세계일주를 다녀왔다. 그 특별함에서 오는 사람들의 기대감은 나에게 오히려 족쇄였다. 과거의 세계여행이 현재의 나를 붙잡고 앞으로 나아가는 데 방해가 되었다.

사람들은 내게 물어보았다.

"이제 뭐 할 거야?"

그 질문 속에는 평범하게 직장 생활을 하지 않고 특별한 일을 할 것이라는 기대감과 '그래서 이제 뭐 하나 보자'라는 시기와 평가의 시선이 담겨있었다. 나는 내 마음속의 방황과 불안을 감춘 채 무언가 당장 눈앞의 그럴듯한 결과를 만들어야 한다는 초조함이 있었다. 세계일주라는 족쇄를 벗어 던져야 앞으로 나아갈 수 있다는 것을 그땐 몰랐다.

학교로
돌아오다.

볼리비아 사막에서

　여행 직후 무엇을 해야 하나 고민하며 복학을 준비했다. 사실 세계 일주 중에는 복학 문제가 전혀 중요하지 않았다. 광활한 대자연 앞에서 복학은 너무나 작고 하찮았다. 하지만 돌아오니 그게 아니었다. 일단 졸업까지 1년 남은 학교를 마치고 졸업을 해야 했다. 2년 만에 학교에 돌아와 4학년 1학기에 복학을 했다. 리모델링된 공대 건물에 가보니 '작년 취업률 95% 달성, 국내 1위'라는 어마어마하게 큰 현수막이 걸려있었다. 세계를 돈다고 2년을 휴학하고 현실로 돌아오니 2년 전에 겪

었어야 할 취업이라는 관문이 변함없이 날 기다리고 있었다. 나는 늦깎이 복학생으로 다시 취업의 관문 앞에 서야 했다.

여행을 떠나기 전 학교를 다니던 내내 공사판이었던 학교는 리모델링된 건물들과 최신 시설의 도서관이 들어서 깔끔하게 단장되어 있었다. 당시 학교에는 굴삭기와 트럭 등 공사차량들이 항상 움직이고 있었고, 풀풀 날리는 공사판의 먼지를 먹으며 학교를 다녔다. 그때 친구들과 이런 대화를 나눴다.

"우리가 열심히 낸 등록금으로 도서관, 새 건물을 이렇게 많이 짓는데 우리는 하나도 누리지 못하고 이 공사판에서 먼지를 먹으며 학교를 다니다니! 우리가 졸업하면 후배들만 새 건물에서 공부하겠다. 억울하다! 억울해!"

나도 그 친구와 맞장구를 쳤다. 하지만 학교를 오래 다니니 이렇게 좋은 일도 있다. 8년 전 입학하여 내가 냈던 등록금의 덕을 내가 보고 있는 것이다.

새로 지은 건물의 강의실은 전부 깔끔했고 새로 지은 도서관은 세련된 외관으로 반짝거렸다. 떠나기 전에는 그 도서관에서 공부할 일이 없을 것이라 생각했는데, 학교는 오래 다니고 볼 일이다.

학교에 온 첫날 나는 구내식당에서 혼자 조용히 밥을 먹었다. 세계일주를 마치고 학교에 오면 뭔가 대단한 일들이 생길 것이라 생각했지만 그런 건 없었다. 여행을 떠나기 전 신입생이던 아이들과 함께 졸업반이 되어 수업을 들어야 했다. 강의실 앞에서 만난 소모임 후배들이 아는 척을 했지만 누군지 알아보기 힘들었다. 고등학교를 막 졸업한 것 같았던 앳된 신입생들이 어느덧 졸업반의 성숙한 모습으로 학교를 다니고 있었다. 하지만 역시 학교에는 낯선 얼굴들이 대부분이었다.

여행을 다니며 많은 나라의 대학교를 방문했다. 나는 펜팔 친구들을 만나기 위해 여행을 떠났고 그 친구들은 대부분 나와 비슷한 또래거나 어린 친구들이 많았기 때문에 그 친구들이 다니는 학교를 방문할 기회가 많았다. 그때마다 도서관, 강의실 및 구내식당을 둘러보며 나도 돌아가면 새로운 마음으로 열심히 공부하고 싶다는 생각을 했다. 하지만 정작 학교로 돌아오니 다시 학교를 다닐 생각에 조금 설레기도 했지만 얼마 되지 않아 그 마음은 사라졌다. 언제 그런 생각을 했냐는 듯 공부고 뭐고 다 귀찮아졌다. 공부는 참으로 하기 싫었다.

모든 것이 신기하던 마음도 금방 사라졌다. 한국 사회의 삶에 적응하는 데 그리 오랜 시간이 걸리지 않았다. 여행을 떠나기 전 목표 없이 무기력하게 학교를 다니던 그 모습 그대로 복학했다. 사람이 달라지려면 큰 충격이 필요하다는데 세계일주라는 경험도 나를 크게 변하게 하진 못했다.

나는 언제 여행을 다녀왔냐는 듯이 학교를 다녔다. 여행 다닐 때 메고 다니던 가방을 메고 다녔다. 그래야 내 정체성이 유지될 것 같았다. 여행 다닐 때처럼 주머니에 카메라를 넣고 내 주변에 일어나는 일들을 사진 찍기 시작했다. 그래야만 할 것 같았다. 여기서 이렇게 학교를 다녔던 다른 학생들과 나는 다르다고 생각했지만 내 피부가 까맣게 탄 것 외에는 다를 것이 없었다. 그냥 이렇게 평범한 취업 준비생이 되기 두려웠지만 결국 난 그 틀을 따라가고 있었다.

열정으로 하는 일

"너 같이 생각이 트인 사람은 PD를 해야 해,
우리 프로덕션에서 일 해보지 않을래?"

이집트 바하리이야 사막에서

긴 여행을 한 사람들 중에는 무언가 큰 깨달음을 얻어 자신만의 목표를 설정하고 그 목표를 위해 열심히 살아가는 사람도 있다. 다만, 나는 그러지 못했다. 나는 세계일주를 마치고 돌아와 대학교에 복학해 취업준비생이 되었다. 그게 혼란스러웠다.

4학년 1학기에 복학한 나는 우리 학교 최고령 학번이었고 9년째 학교를 다니는 학생이었다. 이미 졸업을 한 친구들을 만날 때마다 그들은 직장생활의 어려움을 토로했다. 친구들의 이야기와 내가 접하는 사회 분위기를 보며, 졸업하고 취직해 출퇴근을 하는 삶에 회의를 느꼈다. 한 번 사는 인생을 너무 재미없게 사는 것이 아닌가. 나는 절대로 저 틀에 갇혀 살지 않겠다 철없는 생각을 하고 있었다. 평범하게 산다는 것이 어떤 것인지도 모르면서.

초중고 대학동창 등 주변 친구들은 다양한 업종에서 일을 하고 있었다. 직장생활을 하고 있는 친구들이 좋아 보였다면 나도 취업에 적극적이었겠지만 그들은 너무 안쓰러웠다. 하나같이 자신들이 어렸을 때 꿈꾸던 삶과는 너무 다른 하루하루를 살아가고 있다고 했다. 그런 모습을 보며 이상과 현실에 대해 많이 생각했다. 내가 세계일주를 다니며 인생을 여유롭게 바라봤던 생각들은 코앞에 닥친 현실 앞에 쓸모가 없었다. 부모님은 초조하게 나를 바라보셨고, 어느 날 어머니는 말씀하셨다.

"세계일주라는 틀이 오히려 너를 가두어 버린 것 같다."

맞는 말이었다. 여행을 다녀온 것으로 혼자 도취되어 뭐라도 된 양 생각하고 있었다. 그래서 오히려 그 후의 삶에서 현실적인 문제를 해결하지도, 현실에 집중하지도 못했다.

내 마음속에는 이런 외침들이 있었다.

'돈보다는 내 마음을 채워줄 보람 있는 일을 하고 싶다.'
'힘들더라도 열정으로 하는 일을 하고 싶다.'
'이렇게 시시한 삶을 살고 싶지 않다.'

하지만 나는 내가 원하는 것이 무엇인지 몰랐다. 그저 이상적인 것만 꿈꾸었다. 물론 헛된 생각만 하는 것은 아닌가 가끔 생각했다.

왜 내 주변에서는 즐겁게 회사를 다니는 친구가 없을까? 내 친구들만 유독 그런 걸까? 어느 날 초등학교 동창 친구와 대화를 하다가 물었다.

"네 친구들 중에 자기가 하는 일이 너무 좋아서 그 일에 미친 듯이 몰두하고 즐기는 사람이 있나?"

친구는 깜짝 놀라면서 자기 주변에 딱 한 명 그렇게 즐겁게 사는 친구가 있다고 했다.

음... 그게 누구지? 하며 궁금한 마음에 대답을 기다리는데 그 친구의 입에서 나온 말은 의외였다.

"너!"

세계일주를 다녀왔다는 이유만으로 멋지고 많은 것을 이룬 것 같고 꿈과 이상을 위해 거침없이 달리는 것처럼 보였나 보다. 하지만 나도 또래 친구들처럼 똑같은 고민을 하고 살아간다. 이런 주변의 시선 때문에 더더욱 나는 평범하게 살지 않겠다는 다짐을 하게 되었다.

하지만 평범하지 않은 일이 뭐지? 과연 그런 게 있을까? 우리가 멋질 것이라고 막연히 생각하는 일들은 실제로 겪어보면 그렇지 않은 게 많다.

4학년 2학기도 끝나가고 있었다. 여느 졸업반 학생들처럼 졸업 작품을 준비하고 졸업 후에는 무엇을 해야 하는지 고민을 하며 학교를 다녔다. 하지만 마음은 허공에 뜬 것 같았다. 하루하루 왜 학교에 가야 하는지 알 수 없었다. 무의미한 시간이라는 생각이 들었다. 취업에 성공한 몇몇 학생들은 취업확인서를 제출하고 남은 수업을 듣지 않았다. 나는 그 학생들이 부러우면서 한편으로는 "나도 그냥 집 앞 슈퍼에 취직했다고 하고 학교 안 나와 버릴까"라고 투덜대기도 했다. 후배들은 나보고 지금 그럴 때가 아니라고 정신 차리라고 했다. 나는 그렇게 겉으로는 특별한 일을 찾는다면서 사실은 열심히 취업 준비를 하지도 않는 애매모호한 상황에서 많은 시간을 흘려보내고 있었다.

대학교 동기 중에서 학교를 오래 전 졸업을 하고 외주 프로덕션 PD로 일을 하고 있던 친구가 있었다. 그 친구는 나와 만날 때마다 하던 말이 있었다.

"너 같이 생각이 트인 사람은 PD를 해야 해, 우리 프로덕션에서 일해보지 않을래?"

처음에는 이 말을 무심결에 흘려버렸다. 방송 쪽 일은 단 한 번도 생각해본 적이 없을 뿐더러 나는 TV를 잘 보지도 않는다. 그런데 4학년 2학기가 끝나고 졸업식만 남겨둔 상황에서 정말로 나는 무언가 선택을 해야만 하는 상황이 되었다. 취업은 하기 싫고 그렇다고 이렇게 매일 도서관만 다니면서 책만 읽고 지낼 수는 없었다. 방송 PD로 일하고 있는 친구는 나에게 일을 해보는 것이 어떻겠냐고 지속적으로 물어보앉기에 나도 조금씩 마음이 흔들리기 시작했다. 나의 진로에 대한 끝없는 고민이 있었지만 이제는 무언가 직업적인 것을 선택해야 한다는 마음에 쫓겼다. 나는 그 친구의 추천으로 프로덕션 조연출 일을 하기로 했다.

내가 방송 쪽 일을 하겠다고 선택한 이유는 두 가지다. 세계일주를 다녀온 후 평범하게 출퇴근을 하며 일을 하고 싶지 않다는 생각과 얼마의 월급을 받든 그와 상관없이 그저 일 자체에서 즐거움을 찾을 수 있는, 말하자면 '열정이 있어 보이는 일'이었기 때문이다. 학벌도 경력도 영어자격증도 필요 없는 조연출 일을 시작하며 무언가 멋진 인생이 시작되는 느낌을 받았다.

스타
인생극장

내가 조연출로 처음 참여했던 프로그램은 〈KBS 스타 인생극장〉이었다. KBS 2TV에서 월요일부터 금요일까지 매일 저녁 8시 20분부터 30분 동안 방영하는 프로그램이었다. 조연출로 참여하기 전에 출연했던 연예인들을 살펴보니 소녀시대, 구혜선, 유진 등이었고 그 다음 촬영 연예인으로 아이돌 그룹 티아라와 카라가 준비 중이라는 말을 들었다. 일에 대한 고민보다는 연예인을 만난다는 기대감에 빨리 일을 시작하고 싶었다. 연예인과 함께 생활하며 인증샷이라도 한번 찍을 수 있으면 멋진 삶 아닐까 하는 생각에 방송 일을 하기로 결정하였다.

프로덕션에 면접을 보러 가게 되었다. 면접은 사실 어려울 것이 없었지만 일이 힘들다보니 내가 그만두지 않고 일을 꾸준히 할 수 있을지, 각오를 물어보았다.

"일이 힘든데 할 수 있겠어?"
"네, 할 수 있습니다."

1년이 넘는 방황 끝에 나는 너무나 쉽게 프로덕션에 취직하게 되었고 다음날부터 바로 출근이었다. 방송 일에 대해서 아무것도 몰랐지만 맨땅에 헤딩하는 심정으로 촬영에 쫓아 나섰다. 당시 내 나이 29살 그나마 생일이 빠르다는 이유로 한 살 줄여 28살이라고 말하고 다녔다. 늦은 나이에 공대를 졸업하고 조연출로 일한다는 결정은 조금 황당하고 의외의 선택이었다. 프로덕션에는 고등학교를 졸업하고 일찍부터 일을 시작하는 사람들도 많았다. 이미 2~3년차 조연출들은 나보다 3~4살 어린 선배들이 대부분이었고 PD들은 나와 비슷한 연령대 분들이 많았다. 나이가 많은 것은 아니었지만 나는 내 나이가 너무 많다고 생각했다. 완전 '노땅'이 되어 어린 선배들 밑에 들어가 일을 한다고 생각했다.

세계일주라는 포장 속에 긴 시간을 놀러 다녀왔기 때문에 그 기간만큼 다른 사람들보다 취업이 늦을 수밖에 없는 것은 당연했지만 그걸 알고 감수하려 하여도 그 자존감을 유지한다는 것은 쉽지 않았다.

카메라 사용법도 모르던 나는 방송용 ENG 카메라를 들고 따라오라는 선배들을 쫓아 여의도의 KBS 본관으로 향했다.

티아라와 카라를 촬영할 줄 알았지만 내 첫 〈스타 인생극장〉 주인공은 국민가수 송대관 아저씨였다. 많이 실망하기는 했지만 나는 한 달 동안 송대관 아저씨를 쫓아다니며 촬영을 했다. 〈가요무대〉에 출연한 송대관 아저씨를 촬영하기 위해 출연자 대기실에서 송대관 아저씨가 옷을 갈아입거나 다른 가수들과 대화하는 것을 촬영하기도 했고, 하루에도 몇 개씩 잡힌 전국 곳곳의 행사장 스케줄을 쫓아다녔다. 촬영 초반 연예인을 눈앞에서 본다는 사실이 너무 즐겁고 신이 났지만 그 마음은 곧 사라졌다. 그저 생각할 틈도 없이 하루하루가 빠르게 지나가 버리는 것이 두려웠다.

한 번은 촬영이 끝나고 송대관 아저씨와 식당에서 삼겹살을 구워 먹고 있었다. 소주를 마시며 고기를 먹으니 얼굴이 벌개졌는데 주변 사람들은 연예인이라며 신기하다고 우리가 삼겹살을 먹는 모습을 휴대전화로 찍고 있었다. 유명해진다는 것이 결코 좋은 것은 아니고 연예인으로 살아간다는 것이 얼마나 고달픈 것인지 대리로 체험하며 삼겹살을 먹고 있는데 어느 어린 학생이 다가왔다. 송대관 아저씨에게 사인을 부탁하거나 같이 사진을 찍자고 할 줄 알았다. 그런데 그 학생은 나에게 혹시 '달타냥님' 아니냐고 물어봤다. 달타냥은 내 여행블로그에서 쓰는 닉네임이다. 하루하루 바쁘게 촬영을 다니고 정신없이 지내고 있었는데 인터넷 블로그로 내 여행기를 본 사람을 만났다는 것이 신기했다. 잠시 잊고 지내던 내 여행이 생각났다. 그 학생은 내 여행기를 너무 재미있게 봤다고 말하며 나와 사진을 찍고 싶어했다. 함께 웃으며 사진을 찍고 돌아간 학생의 뒷모습을 물끄러미 바라보니 그에게 나는 세상을 누비던 멋진 여행자로 보였겠다는 생각이 들었다. 겉으로는 웃고 있었지만 속으로 뜨끔한 마음이 들었다. 내가 그 어린 학생의 시선 속에 느꼈던 감정은 그럴듯한 모습을 보여주지 못한것 때문이 아니라 내 마음속에 나만의 방향이 없이 방황하고 있는 모습을 들킨것 같았기 때문이다.

송대관 편이 끝나고 그 다음 촬영은 신성우 편이었다. 역시 신성우 형님을 쫓아다니며 한 달 동안 촬영을 하였다. 신성우 형님이 출연한 뮤지컬 공연장도 쫓아다니고 팬미팅 현장도 쫓아다녔다. 매일 밤낮 이어지는 촬영과 편집에 지친 나는 또다시 진로에 큰 고민을 하기 시작했다.

방송에 큰 뜻도 없이 무언가 특별한 일을 해야 한다는 생각에 조연출 일을 시작했지만 사실 그것은 무엇이든 선택해야만 한다는 급한 마음에 한 것이었다. 처음부터 대단한 목표를 가지고 시작한 일은 아니었다. 그저 일 자체에서 큰 행복과 열정을 찾을 수 있을 것이라 기대하고 시작했지만 내가 원하는 것이 무엇인지 모르고 겉모습만 보고 뛰어든 이 일이 나에게는 그저 생계를 위한 촬영과 편집의 일상으로 다가왔을 뿐이다.

　조연출에 대한 나의 열의는 쉽게 사그라들었고 신성우 편을 끝으로 방송 일을 그만두기로 하였다. 그렇게 내 마음의 방황은 계속 되었고 나는 마음을 바꿨다. 무언가 특별한 일을 하려고 하기보다는 남들이 다 가는 길을 가보자고 결심했다.

세계일주라는
족쇄

　세계일주를 결심할 때 고민이 많았다. 힘들게 살고 계시는 부모님을 생각하면 '내가 지금 당장 취직하고 돈을 버는 것이 과연 부모님께 효도하는 것일까? 부모님은 내가 내 인생을 스스로 행복하게 사는 것을 더 바라시지 않을까? 그게 더 큰 효도가 아닐까?' 하는 생각을 했다. 그렇기 때문에 부모님에 대한 죄송한 마음은 잠시 잊고 나는 떠날 수 있었다. 그리고 부모님도 나의 그런 선택에 대해서 웃으며 응원을 해주셨다. 나이가 조금 더 어렸기 때문에 그런 이기적인 생각을 할 수 있었던 것 같다.

　하지만 조연출 일을 시작한 지 얼마 되지 않아 그마저도 그만두고 집에서 도서관만 다니며 책을 읽고 있으니 부모님 뵐 낯이 없었다. 세계일주를 다녀온 이후로 방황만 하고 있었지, 현실적으로 취직해서 돈을 벌고 출퇴근 하는 삶을 살고 싶다는 생각도 하지 않았다. 그리고 그 현실에 직접적으로 마주하지도 않았다.

　여행을 떠날 때도 부모님은 출퇴근을 하며 일을 하고 계셨고 그 이전 내가 군대에 있을 때도, 고등학생일 때도 부모님은 평생을 직장인으로 살아오셨다. 문득 그 오랜 시간동안 묵묵히 일을 하며 지내오신 부모님을 보니 이제는 나만 생각하면 안 되겠다는 생각이 들었다.

　내가 가장 지루한 삶이라고 생각했던 출퇴근 하는 삶, 너무 재미없는 인생이라고 생각했던 그런 삶이 사실은 가장 기본이 되고 우리 삶을 지탱해주는 것이었다. 나는 그 삶에 스스로 정면으로 맞서본 적도 없으면서 마음대로 평가해버렸던 것이다. 자본주의 사회에 살면서 이상만 쫓으며 살 순 없다. 이상을 꿈꾸지만 현실 속에서 생존할 수 있는 삶을 살기로 결심했다. 그렇게 나는 세계일주의 족쇄에서 벗어났다. 나는 진짜 취업준비생이 되었다.

Part 2.

세계일주의 두 씨앗, 펜팔과 인도

"넌 꿈이 뭐냐?"

대학교에 입학했을 때 나는 꿈이 없었다. 공부를 열심히 하지도 않았고 내가 배우는 학과에 큰 관심도 없었다. 그렇다고 어떤 목표가 있어 그 목표를 위해 노력하지도 않았다. 눈앞에 닥친 일이 없으니 초조할 것도 없이 하루하루를 살고 있었다. 아직 무언가 결정을 하지 않았어도 군대를 다녀와야 하니 취업은 먼 미래의 일이었다. 그렇게 무기력하게 학교를 다니던 중 친구 한 명이 나에게 물어보았다.

"넌 꿈이 뭐냐?"

자신의 꿈을 장황하고도 구체적으로 설명하는 그 친구 앞에서 나는 내 꿈을 말해야 했다. 나는 조금 생각하다가 말했다.

"국가대표 축구 선수가 되고 싶어."

그야말로 황당한 꿈이었다. 나는 축구를 잘 하지도 못했고 축구선수가 되기 위해 다른 준비를 하고 있지도 않았다. 지금 축구를 시작해서 국가대표 선수가 된다는 것도 말이 안 된다. 그저 친구의 질문을 피하기 위해 농담처럼 대답한 것이었다. 그 친구는 웃어 넘겼고 나는 내 꿈에 대한 질문을 회피했다.

이미 나이가 찰대로 찼지만 난 꿈이 없었다. 나뿐만 아니라 우리나라 청년 중 많은 이들이 이렇게 꿈이 없다고 한다. 고등학교를 졸업할 때부터 공무원 준비를 하거나 대기업 입사를 위해 준비를 한다고 하니 어쩌면 꿈이 '안정적인 직장'일지도 모른다. 직장 또한 충분히 꿈이라고 부를 수 있지만, 내가 어린 시절 생각하던 그 꿈과는 분명 괴리감이 있다.

당신의 꿈이 무엇이냐 물어보면 과학자나 대통령이 되겠다거나 우주에 갈 것이다, 지구를 한 바퀴 돌 것이다…, 이런 게 답이라고 생각한다. 내가 아직 현실을 직시하지 못했기 때문일까. 하지만 나는 꿈이라면 분명 현실보다 동경을 담아야 한다고 생각한다. 불안정한 대한민국 사회에서 먹고 살기 위해 선택해야만 하는 직업적인 것이 아닌, 내 마음 속에 품고있는 동경이나 이상을 말해야 한다고 생각했다.

나는 대학교 1, 2학년을 꿈이 없이 보냈고 군대를 다녀왔다. 군대를 다녀온 후에도 꿈은 없으면서도 뭔가 이상적인 꿈을 꿔야한다고 생각했다. 학교를 계속 다녀야 하나 아니면 바로 취직을 해서 돈을 벌어야 하나 이런저런 고민들이 나의 마음을 복잡하게 만들었다.

스물셋, 어린 나이가 아니다. 군대도 다녀온 완전한 어른이다. 계획하고 실천해서 이룰 수 있는 것을 내 꿈이라고 말해야 할 나이가 한참 지났다. 하지만 꿈이 없었던 나는 늘 주체적이지 못했다. 주변에 휩쓸리고 다른 사람은 무엇을 하는지 바라보았다. 옆 친구가 공무원 준비를 하는 것을 보거나 대기업에 들어가기 위해 준비하고 있는 것을 보면

'정말 그것이 맞나? 나도 그렇게 해야 하나?' 하는 고민을 하게 되었다. 분명 마음은 불안하고 답답한데 어느 것 하나 마음에 드는 것이 없었다. 정말 그렇게 사는 것이 맞는지 고민만 하면서 하루하루 흘려보내고 있었다.

전역 그리고
펜팔

"지금이라도 영어 공부를 하면
외국 친구와 펜팔로 편지를 주고받으며
즐겁게 영어 공부를 할 수 있지 않을까?

군대를 전역하고 2학년 2학기에 복학을 하기 전, 나는 진로에 대해 많이 고민했다. 더 늦출 수도 없었다. 내 인생을 진지하게 다시 생각해 보는 시간을 가졌다. 고민을 하고 질문도 하고, 생각도 많이 했다. 하지만 내가 무엇을 원하는지 대답을 할 수 없었다.

그러다 문득 영어는 반드시 공부해야 하지 않을까 생각했다. 앞으로 내가 어떤 일을 선택하더라도 필요할 테니까. 복학까지 남은 6개월 동안 아르바이트를 하며 영어 공부를 하기로 결심했다. 책상에 앉아 토익 책을 펴고 공부를 시작했다. 고등학교를 졸업한 뒤 대학교 2학년 때까지 놀기만 했고 군대에서 2년을 보냈으니 4년 만의 영어 공부가 잘 될 리 없었다.

공부가 되지 않으니 괜히 책상 정리도 하고 중고등학교 졸업앨범도 보면서 딴짓만 늘어갔다. 그러다 눈에 들어온 책이 있었다. 어렸을 때 형이 가져왔던 〈해외펜팔〉이라는 책이었다.

1996년 당시 나는 초등학교 6학년이었고 형이 중학교 2학년이었다. 형이 〈해외펜팔〉이라는 책을 집에 가져와 학교 과제라며 미국에 있는 친구에게 편지를 써야 한다고 했다. 편지를 쓰는 것도 신기한데 영어로 편지를 써야 한다니. 형이 편지를 쓰는 것을 옆에서 신기하게 구경했다.

형은 중학교 2학년의 나이로 힘들게 영작하여 미국 위스콘신 주에 살고 있는 켈리라는 12살짜리 아이에게 편지를 보냈다. 3주 뒤, 켈리에게 답장이 왔다. 형은 빨강 파랑 줄이 들어간 국제우편 편지를 나에게 보여주며 답장이 왔다고 흥분했다.

당시에는 영어 의무교육이 중학교부터였기 때문에 알파벳도 모르는 초등학생이었던 나는 형이 영어로 편지를 썼다는 것과 답장이 왔다는 것이 너무나 신기했다. 미국 친구가 형에게 보낸 편지가 무슨 내용이냐고 물어보니 형은 영어 사전을 펼쳐 힘들게 해석을 해 나에게 알려줬다.

그 후, 형은 켈리와 편지를 몇 번 더 주고받았다. 더 이상 연락을 하지는 않았지만 어린 나의 기억에 펜팔로 외국 친구와 편지를 주고받았다는 것은 너무나 큰 충격이었다. 그래서 다짐했다. 나중에 나도 중학생이 되고 영어 공부를 하게 되면 외국 친구와 펜팔을 하며 편지를 주고받아야지. 영어 공부도 하고 외국 친구도 사귈 수 있는 좋은 방법이라고 생각을 했다.

세월이 흘러 책꽂이에 꽂힌 채 누렇게 변한 〈해외펜팔〉 책을 보니 그때의 기억이 떠올랐다. 지금이라도 영어 공부를 하면 외국 친구와 펜팔로 편지를 주고받으며 즐겁게 영어 공부를 할 수 있지 않을까? 컴퓨터를 켜고 검색 창에 '펜팔'이라고 검색을 해보았다. 그러자 포털 사이트에 수많은 펜팔 사이트가 나왔다. 큰 기대 없이 검색을 했는데 너무 많은 펜팔 사이트가 나오니 신기했다. 제일 위에 보이는 펜팔 사이트를 들어갔다.

펜팔 사이트는 단순한 원리로 되어 있었다. 자신이 사귀고 싶은 친구를 대륙별 나라별로 선택할 수 있도록 카테고리가 나뉘어 있었다. 내가 원하는 나라를 선택하면 등록된 많은 사람들의 프로필이 보였는데 그 중 원하는 사람을 선택해서 이메일을 보낼 수 있었다. 내가 어렸을 때 형을 통해 본 것이 아날로그 시대의 손편지 펜팔이었다면 펜팔 사이트를 통해 경험한 건 인터넷 시대의 이메일 펜팔이었다.

어떻게 메일을 보내야 할지 몰라 프로필 목록들만 기웃거리다가 우리나라 항목에 내 프로필을 올려보자는 생각이 들었다. 다른 사람의 자기소개를 베껴 이름만 바꾸고 내 이메일을 등록해 자기소개를 올렸다. 내 프로필을 올린 후 다시 다른 대륙의 많은 나라들을 눌러보며 외국 친구들의 프로필을 구경하고 있었다. 리스트에 표기된 엄청나게 많은 나라들을 보며 전 세계의 모든 나라에 내 친구가 있다면 어떨까 생각했다.

그렇게 고민하고 있던 것도 잠시, 내 프로필을 올리고 5분도 되지 않았는데 메일이 왔다. 말레이시아에 살고 있는 '펭'이라는 친구가 보낸 메일이었다.

그 친구에게 메일을 받기 이전까지 나에게 영어란 학교 성적을 위해 공부해야만 하는 여러 과목 중 하나일 뿐이었다. 하지만 영어 시험의 지문과는 다르게 메일에는 다른 나라에 살고 있는 사람이 나에게 하고 싶은 말이 담겨 있었다. 영어가 실제 의사소통을 위해 사용되는 언어라는 단순한 사실을 깨달을 수 있었다.

펭의 메일은 길지 않았다. 나와 친구가 되고 싶다는 내용이었다. 나는 답장을 하기 위해 메일을 쓰기 시작했다. 영어로 타자를 치는 것도 익숙하지 않고 영어로 작문을 하는 것 역시 너무 어려웠다. 몇 줄 되지 않는 단순한 자기소개를 써서 답장을 보내기까지는 1시간이 넘게 걸렸다. 펭에게 메일을 보낸 후 답장은 언제 올까 기다렸는데 몇 시간 후 펭에게 다시 답장이 왔다. 나에게 회신을 받게 되어 너무나 기쁘다는 내용과 함께 조금 더 긴 자기소개 글이 담겨 있었다.

그렇게 나는 말레이시아 페낭(Penang)이라는 아름다운 섬에 살고 있는 친구를 사귀게 되었다. 고등학교 때 보았던 세계지리 책을 꺼내 말레이시아가 어디에 있는지 찾아보았다. 태어나서 군대를 전역하기까지 23년간 살아오면서 내가 살아야 할 곳은 대한민국이었고 다른 나라에 특별히 관심을 가져본 적이 없었다. 하지만 이제 말레이시아는 나에게 특별한 나라가 되었다. 왜냐하면 내 친구가 살고 있으니까. 내 삶의 반경이 저 멀리 동남아시아까지 확장된 느낌이었다.

그 후 나는 또 다른 친구에게 메일을 받았다. '유럽의 수도 브뤼셀'에 살고 있다고 자신을 소개한 스테파니라는 친구였다. 스테파니의 메일을 받고 브뤼셀이 어디에 있는지 찾아보니 벨기에의 수도였다. 그런데 스테파니는 왜 '벨기에의 수도 브뤼셀'이라고 하지 않고 '유럽의 수도 브뤼셀'이라고 말을 했을까? 답장을 보내 물어보니 유럽연합 본부가 브뤼셀에 있어 브뤼셀을 유럽의 수도로 부른다고 했다. 벨기에 사람들은 유럽의 수도에 살고 있는 것을 자랑스럽게 생각한다고 말해주었다. 벨기에 역시 내 친구가 살고 있는 나라가 되어 특별한 의미로 다가왔다.

많은 나라의 펜팔 친구들을 사귀다 리메리라는 또 다른 벨기에 친구를 사귀게 되었는데 재미있는 사실을 알게 되었다. 처음 사귄 스테파니는 불어를 모국어로 쓴다고 하였는데, 리메리는 독일어를 모국어로 쓴다고 했다. 우리나라처럼 경상도 전라도 사투리를 쓰는 것도 아니고 한 나라에서 완전히 다른 언어를 쓴다는 것은 어떤 느낌일까 궁금했다. 자연스럽게 벨기에의 역사와 문화에 대해 찾아보며 공부를 하게 되었다.

물론, 당시에는 호기심에 접속한 펜팔 사이트가 세계일주를 떠나는 동기가 되리라고는 생각지 못했다.

37개 나라
87명의 친구들

"친구들이 보내주는 이국적인 사진들과
외국의 학교 생활 이야기는 언제나 신기하고 재미있었다."

스리랑카 탕갈라 해변

펜팔로 하루하루 세계의 많은 나라에 친구들이 생겼다. 컴퓨터 앞에 앉아 이메일로 만나는 펜팔 친구들은 나에게 신세계를 열어주었다. 새로운 나라의 친구가 생길 때마다 그 친구가 살고 있는 나라는 어떤 나라인가 호기심이 생겨 인터넷으로 찾아보게 되었다. 친구들이 보내주는 이국적인 사진들과 외국의 학교 생활 이야기는 언제나 신기하고 재미있었다.

펜팔 친구들과 교류가 생기며 외국 문화에 갖고 있던 고정관념이 조금씩 사라졌다. 아프리카 사람들은 모두 가난한 줄 알았는데 남아공 친구가 보내준 사진에는 선진국 도시의 모습이 있었다. 우리나라 학생들만 야간자율학습을 하며 공부의 노예로 살아간다고 생각했지만 미국의 펜팔 친구는 매일같이 도서관에 앉아 밤 늦게까지 공부를 하며 대입 준비를 하고 있었다.

대학교에 복학한 후에도 꾸준히 펜팔 친구들과 연락을 해오던 중 마다가스카르(Madagascar) 펜팔 친구가 보내준 사진 한 장이 나의 마음을 흔들었다.

자신이 살고 있는 마다가스카르의 풍경이라며 바닷가의 사진을 보내주었는데 푸른 하늘 아래 맑은 물이 잔잔하게 펼쳐져 있고 그 위에 보트가 있었다. 물이 얼마나 맑은지 마치 하늘에 둥둥 떠 있는 듯 했다.

펜팔 친구들을 많이 사귀면서도 나는 해외여행을 떠나야겠다는 생각을 하진 못했다. 그저 막연하게 나도 언젠가는 해외여행을 가봐야지 생각했다. 아마 신혼여행 때나 한번 떠나지 않을까 싶었다. 하지만 마다가스카르 사진을 보니 사진 속 멋진 바닷가에 가보고 싶어졌다. 그러다 의문이 들었다. '왜 지금 가보면 안 되는 걸까?', '지금 내가 그곳에 가보지 못할 이유는 무엇일까?' 곰곰이 생각을 해보았는데 전혀 없었다. 잠시 고민했지만 '그래! 나도 한번 해외여행을 떠나보자!' 결심했다.

펜팔 2년 만에 나는 37개국에 87명의 펜팔 친구들을 사귈 수 있었다. 그 친구들을 만나러 해외여행을 떠나보자 생각했다. 처음 내 계획은 몇몇 나라를 여행하며 펜팔 친구들을 만나보고 싶은 것이었을 뿐 세계일주까지는 아니었다.

미국
펜팔 친구

"외국 친구들을 사귀고 싶으면서도
직접 만나는 건 두려웠다."

2008년 봄, 미국 펜팔 친구 중 한 명이 우리나라에 놀러온다고 했다. 마음 같아서는 서울 시내를 데리고 다니며 이곳저곳 구경을 시켜주고 맛있는 음식도 사주고 싶었다. 다른 한편으로는 그 친구가 한국에 와서 나에게 만나자고 하면 어쩌나 걱정됐다. 참 이중적이지만 외국 친구들을 사귀고 싶으면서도 직접 만나는 건 두려웠다.

해외 펜팔 친구들과 편지를 주고받는 것은 시간과 공간의 제약을 받지 않는다. 친구에게 이메일이 오면 메일 내용을 한 번이든 열 번이든 천천히 읽어보고 영어사전을 찾아가며 무슨 말인지 이해하고 생각할 시간이 있다. 그 친구에게 답장을 할 때는 하고 싶은 말을 한글로 적어

본 후 한 줄 한 줄 영작을 하며 천천히 답장을 했다. 펜팔은 천천히 생각을 하고 대응할 수 있어 두려움이 적었다. 펜팔은 외국 친구를 사귀는 데 나의 소극적인 성격과 잘 맞아떨어졌다.

그런데 메일로 연락을 주고 받던 미국 친구가 한국에 온다고 했다. 그 친구는 내심 나에게 만나자고 말을 하고 싶지만 내가 부담스러워하지는 않을까 조심스러워 하는 눈치였다. 결국 나는 그 친구가 일주일 동안 여행을 하고 미국으로 돌아갈 때까지 바쁘다는 핑계를 대고는 만날 수 없다고 했다.

나도 그 친구를 만나고 싶었지만 얼굴을 대면하고 영어로 대화를 나누는 게 너무나도 부끄러웠다. 사람들이 많은 곳, 카페나 지하철 등을 이동하며 영어로 대화를 나누면 주변 사람들이 내 영어 실력을 비웃을 것 같았다. 상상만으로도 고민이 됐고, 급기야 벌벌 떨리기 시작했다. 무엇보다 돈도 걱정이었다. 나는 전역 후 아르바이트로 모은 얼마 안 되는 돈으로 하루하루 학교 생활을 하고 있었다. 외국 친구에게 서울 관광을 시킨다는 건, 좋은 식사, 값비싼 공연, 좋은 기념품 등을 대접하는 거라 생각했다. 경제적인 부담 때문에 혼자서 고민을 거듭했다.

세계일주를 다니면서 세계의 많은 나라의 펜팔 친구들을 만났다. 내가 우리나라에 여행을 왔던 미국 친구 입장이 되어보니 당시 내가 얼마나 잘못 생각했는지 알 수 있었다.

해외에서 여행을 온 친구와 그냥 만나서 함께 지내는 것만으로도 너무나 큰 추억과 큰 기념이 된다는 것을 그땐 전혀 알지 못했다.

뜻하지 않았던
인도 여행

"그냥 일단 비행기 표부터 사"

인도 타지마할

    세계일주를 떠나기 전 유일하게 해외여행을 다녀온 곳은 인도였다. 대학교 3학년 여름방학 때 펜팔로 사귄 친구들을 만나기 위해 해외여행을 계획했다. 하지만 첫 여행지 인도에는 펜팔 친구가 없었다. 정작 펜팔 친구가 없는 인도로 떠난 건 나의 소심한 성격 때문이었다.

    펜팔 친구들과 연락을 하며 해외의 여러 나라에 대해 공부를 하고 호기심이 왕성해지자 친구들을 만나러 가고 싶어졌다. 그러던 중 장학금으로 학비를 면제 받아 아르바이트를 통해 모은 돈 200만 원이 오

롯이 내 용돈이 되었다. 나는 코앞에 닥친 여름방학 때 펜팔 친구들을 만나러 해외여행을 다녀오기로 결심했다. 어느 나라를 가볼까 행복한 고민을 하다가 동남아시아에 살고 있는 펜팔 친구들을 만나봐야겠다는 계획을 했다. 그때 당시 싱가포르, 말레이시아, 태국에 펜팔 친구가 많았기 때문에 동남아 3개국을 여행하는 일정을 계획했다.

하지만 소심한 데다 여행에는 왕초보인 나는 또다시 고민하기 시작했다. 여권과 비자도 헷갈리는데 해외에서 일어나는 모든 일들을 영어로 해결해야 한다는 부담과 우리나라에서는 경험할 수 없는 육로로 국경을 어떻게 통과할 수 있을지 등 여행의 모든 게 걱정이었다.

고민 끝에 해외여행과 봉사 경험이 많고 인도에서 유학 중인 친구 정혁이에게 연락해 내 여행 계획을 말하며 고민을 털어놨다. 정혁이는 여행 경험이 많아 부딪히는 수밖에 없다는 것을 알고 있었다. 정혁이가 나에게 해준 말은 "그냥 일단 비행기 표부터 사"였다. 비행기 표를 사면 다른 일들은 다 해결이 될 것이라는 주장이었다. 이제는 그 말의 의미를 알고 있지만 그때는 너무나 무책임하게 들렸다. 인천공항에서 출국심사를 어떻게 받아야 하는지도 몰라 두려워하는 초짜 여행자에게 그냥 비행기 표부터 사라니! 친구의 조언도 나의 고민을 해결하지 못했다. 나는 비행기 표를 구입하기 주저했고 하루하루 여행에 대한 걱정만 높아졌다.

고민만 하던 중 정혁이가 나에게 한 가지 제안을 했다. "그렇게 고민만 하지 말고 여름방학 때 나랑 인도 여행을 해볼래?" 정혁이는 학기가 끝나고 여름방학이 되면 수도 델리에서 출발해 시계 방향으로 인도를 크게 한 바퀴 도는 여행을 계획하고 있었다. 그 계획에 내가 합류해서 함께 여행을 떠나보는 것이 어떻겠냐고 제안한 것이다.

펜팔 친구를 만나고 싶은 마음에 해외여행을 떠나보려 했지만 막상 떠나려니 두렵고 망설여졌다. 하지만 인도 유학 중인 친구의 제안에는 귀가 솔깃해졌고, 그 제안을 수락하고 말았다. 여행에 대한 두려움이 결국 펜팔 친구도 없는 인도라는 나라로 여행을 떠나게 만든 셈이다. 그렇게 나는 첫 해외여행을 인도로 떠났다.

인도에서의
40일

"아! 저게 진짜 여행이구나~!"

　인도 여행은 총 40일의 일정이었다. 남인도 방갈로르로 입국하여 시계 방향으로 뭄바이를 거쳐 델리에 도착한 후 북서부 지역의 자이살메르 사막에서부터 타지마할이 있는 아그라를 거쳐 바라나시까지 도는 코스였다.

　인도 여행을 겪으며 여행을 떠나기 전 걱정했던 모든 게 부질없었다는 것과 큰 깨달음 세 가지를 얻었다.

1. 여행은 즐기는 것이지 어려운 것이 아니다.
2. 여행은 돈이 많이 들지 않는다.
3. 여행은 혼자 다니는 것이 더 좋다.

여행을 떠나기 전에는 여행 중에 일어날 수 있는 모든 일들을 미리 걱정하고 두려워했지만 막상 여행을 다니며 일어나는 모든 일들은 두렵지만 즐거웠다. 해외여행을 떠나면 목돈이 든다고 생각했지만 내 생각보다 훨씬 저렴했던 인도의 물가 덕에 나는 큰 지출 없이 적은 돈으로 여행을 마칠 수 있었다.

그리고 친구. 내가 믿고 의지하고 갔던 친구 정혁이와 여행을 하면 즐거울 것으로만 생각했다. 하지만 함께 여행을 다니며 다투는 일이 자주 발생했다. 여행을 다니며 한 명이 다른 한 명에게 의존하면 모두 힘들어진다는 것을 알게 되었다. 정혁이는 나와 아침부터 저녁까지 함께 붙어 있으면서 내 주변의 사소한 것까지 챙겨주면서 많이 힘들어 했다. 반대로 나는 무언가 스스로 하려고 할 때 내 행동에 간섭하며 이렇게 해야 한다 저렇게 해야 한다 제약하는 친구 때문에 힘들었다. 정혁이는 나와는 다르게 자유자재로 영어로 의사소통을 하였기에 현지인들 및 여행자들과 자연스럽게 대화를 나눴고 나는 그 틈에 끼지 못하고 자꾸 의기소침해졌다. 그러한 갈등이 쌓이다 결국 우리는 심하게 싸웠다. 의도치 않게 그가 다니던 학교가 예정보다 일찍 개강하게 되어 정혁이는 학교로 돌아가고 나는 3주 동안 혼자 여행을 하게 되었다. 처음에는 혼자 여행을 할 수 있을까 걱정도 됐지만 막상 혼자서 여행을 다녀보고 깨달은 것은 내가 영어를 생각보다 잘한다는 것이었다. 친구와 함께 여행을 다니는 동안에는 영어를 잘 하는 친구 옆에서 내가 일부러 나설 필요가 없었지만 나 혼자 여행을 다니며 식당에서 밥을 먹고 기차표를 예매하고 삼륜 오토바이 기사와 가격 흥정을 하다 보니 내 영어 실력으로 대화를 나누는 것이 그리 어렵지 않았다. 내가 중심이 되어 내 일정과 상황을 컨트롤 하자 주변의 모든 것이 선명하게 보이기 시작했다.

3주 동안 혼자 인도를 여행하며 많은 외국인 친구를 사귈 수 있었다. 친구와 함께 있을 때에는 그들의 대화를 들어보아도 무슨 대화를 하고 있나 대화 내용을 이해하기 어렵고 끼어들기도 어려웠지만 내가 대화의 주인이 되어 이끌어가니 문법적으로 말도 안 되는 이야기를 하더라도 이해하고 대화를 할 수 있었다. 인도에 다녀온 후 나의 소심한 성격이 조금씩은 변화하기 시작했다.

많은 사람들이 인도 사람들의 상식 밖의 행동과 분위기를 말한다. 인도를 경험한 나는 막연히 아프리카와 남미 등 열악한 환경에 살고 있는 제3세계 국가들 모두 인도와 비슷할 거라고 생각했다. 하지만 세계일주를 다니며 알게 된 것은 전 세계 어디를 여행해 보아도 인도 같은 나라는 없다는 것이다. 여행 경험이 없고 아무것도 모르던 초짜 여행자인 내가 40일 동안 인도 배낭여행을 다녀온 것은 후에 세계일주를 위한 아주 좋은 예행연습이자 예방주사였다.

인도 여행 중 나에게 큰 자극을 주었던 사람이 있었다. 뭄바이의 어수선하던 식당에서 만났던 프랑스 친구 싸빈. 그녀는 몇 개월째 인도를 여행 중이었다. 여행 중 만난 친구가 싱가포르가 너무 좋다고 해서 중간에 싱가포르에 잠깐 다녀온 후 다시 인도를 여행하고 있다고 했다. 그 당시 나는 뱃속 깊숙이 숨긴 돈지갑을 움켜쥐고 경계하는 눈빛으로 주변을 둘러보며 '델리 OUT 8월 8일'이라는 비행기 출국 날짜를 염두에 두고 있었다. 반드시 저 날까지 델리로 가서 비행기를 타고 한국으로 돌아가야 한다! 만약 무슨 일이 일어나서 비행기를 못 타게 되면 어쩌지? 중간에 돈을 잃고 강도를 만나면 어쩌지? 고민은 신경을 곤두세웠다. 낯선 타지에서 여행 스케줄에서 조금도 벗어나면 안 된다는 강박관념 때문에 힘들었다. 그런데 싸빈이 너무나 자유롭게 순간순간의 감정으로 마음껏 여행을 다니는 모습을 보니 너무 멋있었다.

"아! 저게 진짜 여행이구나~!"

나도 언젠가는 저렇게 계획 없이 순간의 감정에 충실하게 여행을 다니겠다고 다짐했다.

홍콩 친구
베라

"네가 찬영이지? 만나서 반가워"

내 여행의 본래 계획과는 달리 펜팔 친구가 없는 인도로 여행을 떠났지만 우리나라로 돌아오는 항공편은 홍콩을 경유하는 비행기로 잡아 두었기 때문에 홍콩에서 스톱오버로 며칠 머무를 수 있었다. 홍콩에서 2박3일 스톱오버를 결정한 이유는 홍콩에 살고 있는 펜팔 친구를 만나기 위해서였다. 인도를 떠나기 전 홍콩 스톱오버를 결정하고 홍콩 펜팔 친구 베라에게 메일을 보냈다. 인도 여행 후 홍콩에 들르는데 만날 수 있는지 물어 보았다. 베라는 신기하다는 듯이 꼭 만나자며 홍콩에 오면 연락하라고 답장을 보내주었다.

홍콩에 도착한 나는 침사추이 거리의 청킹맨션에 숙소를 잡았다. 그리고 공중전화로 베라의 휴대폰에 전화를 걸었다. 서로를 볼 수 없이 전화로 의사소통을 해야 한다는 것이 걱정이긴 했다. 인도에서 만났던 외국인 친구들과 콩글리쉬를 하면서도 의사소통이 되었던 것은 보디랭귀지를 할 수 있었기 때문이니까 용기를 내 베라와 약속 시간을 정하기 위해 일단 전화를 했다. 전화를 받은 베라는 홍콩에 온 것을 환영한다며 다음날 오전 9시에 내가 머물고 있는 청킹맨션으로 날 데리러 오겠다고 했다. 그러면서 나에게 무슨 색 옷을 입고 있을 거냐고 물어보길래 흰색 티셔츠를 입고 있겠다고 했다.

다음날 나는 청킹맨션 앞에서 베라가 오기를 기다렸다. 베라가 어떻게 생겼는지도 모르는 채로 내 생애 최초로 펜팔 친구를 만난다는 설렘에 두근두근 거리며. 내가 베라와 펜팔로 연락을 하며 그녀에 대해 알고 있는 것은 홍콩에 부모님과 함께 살고 있으며 중국 문학을 전공하고 있다는 것뿐이다. 나는 베라에게 사진을 보내준 적이 있기 때문에 베라는 나를 알아볼 수 있지만 베라는 나에게 사진을 보내준 적이 없었다. 그래서 나는 누가 베라인지 알 수 없어 지나가는 사람들을 계속 쳐다보았다. 그리고 베라가 나를 쉽게 찾을 수 있도록 한국어로 쓰인 책을 잘 보이게 들고는 내가 한국인이라는 티를 내며 나에게 와서 아는 척을 해주기를 바라며 기다렸다.

누군가를 기다린다는 것이 이렇게 떨려보기는 처음이었다. 만나면 무슨 말을 해야 할까? 많이 어색하지는 않을까? 베라는 나와 동갑이었다. 나와 비슷한 또래 여자아이가 저쪽에서 걸어오고 있었다. 나는 들고 있던 한국어 책을 잘 보이게 들어보였다. 하지만 그 아이는 내 앞을 지나쳤다. 비가 부슬부슬 오고 있었고 비 냄새를 맡으며 지나다니는 사람들을 구경하다 책도 읽으며 베라를 기다리고 있었다. 그렇게 한참 책을 읽고 있었는데 내 앞으로 다가온 어느 여자아이가 나에게 손을 내밀며 악수를 청했다.

"네가 찬영이지? 만나서 반가워"

인도 여행을 하며 많은 외국인 친구들을 사귀었지만 펜팔 친구를 만난다는 기분은 또 달랐다. 신기하다는 생각뿐이었다. 대한민국에서 평생을 살았는데 이렇게 해외에서 나를 기다려주는 친구가 있다는 것은 나에게 신비로웠다. 베라는 나를 위해 선물을 준비해 왔고 우리가 다닐 여행 코스를 보여주었다. 나는 베라를 졸졸 쫓아다니며 홍콩을 돌아다녔다. 스타의 거리도 걸었고 페리를 타고 홍콩 섬으로 건너가서 빅토리아 공원도 구경했다. 그리고 트램을 타고 빅토리아 피크에 올라가 홍콩의 전경을 감상하기도 했다. 펜팔 친구 덕분에 현지인들의 삶 속에서 함께 지내볼 수 있었다.

인도, 홍콩 여행을 마치고 돌아오면서 생각했다. 내가 사귄 세계의 모든 펜팔 친구들을 만날 수 있다면 얼마나 즐거운 여행이 될까? 하지만 희망이나 욕망이라기보다는 동경에 가까운 생각이었다.

Part 3.

세계일주 준비

떨칠 수 없는 욕망

인도 여행을 다녀온 후 여행에 대한 욕망이 커지기 시작했다. 여름방학이 끝나고 3학년 2학기에 복학을 한 나의 머릿속에는 온통 여행 생각뿐이었다. 수업시간에 공부가 제대로 될 리가 없었다. 잠깐의 여행으로 이렇게 설레고 행복한데 만약 세계일주를 다니며 전 세계의 펜팔 친구들을 모두 만난다면 어떨까 하는 생각이 계속 들었다.

세계일주를 처음 생각한 건 블로그에 세계일주 여행기를 올리는 여행자들을 통해서였다. 펜팔 친구들을 만나고 싶어 해외 여행기를 검색하다 발견한 세계일주 여행자들의 블로그에는 나보다 몇 살 많은 형 누나들이 피부를 까맣게 태워가며 전 세계 방방곡곡을 누비고 다녔다. 세계일주는 아무나 떠날 수 없는, 나와는 다른 특별한 사람이나 하는 것이라고 생각했다. 하지만 나와 비슷한 또래들이 세계일주를 하며 멋진 풍경 앞에서 사진을 찍어 블로그에 올린 모습은 내 가슴을 너무나 설레게 했다. 그들을 보며 나도 저런 여행을 떠나 보는 것은 어떨까 생각하기 시작했다. 펜팔 친구들을 통해 처음으로 해외여행을 떠나고 싶은 동기가 생겼다면 세계일주를 다녀온 이들의 블로그를 통해 세계일주에 대한 환상을 키우기 시작했다. 내 인생에 세계일주라는 것이 조금씩 들어오기 시작했다.

호주 골드코스트 해변가

　　당시 즐겨보던 세계일주 여행자 블로그는 '연실낭자의 세계일주'와 '무파의 세계일주'였다. 지금은 세계일주를 떠나는 사람이 많아지다 보니 여행기를 블로그에 올리는 사람들이 많지만 당시에는 그리 많지 않았다. 나는 이 두 여행자를 포함한 몇몇 블로그의 여행기를 보며 세계일주의 꿈을 키웠다. 나도 저 사람들처럼 멋지게 세계일주를 다니고 싶다. 많은 경험을 하고 많은 친구들을 만나고 싶다. 세계일주를 떠난다면 해외의 펜팔 친구들을 모두 만날 수 있는데 그 이야기를 블로그에 올린다면 재미있지 않을까? 나는 전 세계를 여행하며 펜팔 친구들을 만나는 모습을 상상하곤 했다. 세계지도를 보며 펜팔 친구들이 살고 있는 나라의 도시를 점으로 표시한 후 그 점들을 선으로 연결하니 세계일주 루트가 완성되었다. 그 루트를 바라보며 여행을 다니고 있는 나의 모습을 상상하는 것만으로도 너무나 행복했다.

　해외여행은 돈이 많이 들 것이라 막연히 생각했지만 인도 여행을 마친 후 생각보다 돈은 많이 들지 않는다는 것을 알게 되었다. 해외를 한 번도 다녀보지 않았을 땐 세계일주를 하려면 1억 원 넘게 들 것이라고 생각했다. 그래서 내가 절대 경험할 수 없는 여행일 것이라고 여겼다. 하지만 진지하게 세계일주를 계획하다보니 비용이 훨씬 적게 든다는 것을 알게 되었다. 당시 내 예상으로는 1년 여행에 대략 2천만 원 정도의 돈이 들 것 같았다. 학생 신분으로는 감당하기 힘든 금액이지만 내가 예상했던 세계일주 비용보다는 훨씬 적은 금액이었다. 나는 세계일주를 떠날 수 있는 방법을 알아보기 시작했고 세계일주라는 꿈에 조금씩 가까워졌다.

　어느 날 학교 수업시간에 호주로 워킹홀리데이를 다녀왔던 선배의 발표를 들을 기회가 생겼다. 워킹홀리데이라는 것을 잘 알지 못했는데 해외에서 돈을 벌 수 있다는 말을 듣고 '어떻게 해외에서 돈을 벌 수 있지?'라는 생각뿐이었다. 실제로 워킹홀리데이를 다녀온 경험자의 이야기를 들으니 해외에서 돈을 버는 것이 충분히 가능하다는 생각이 들었다. 게다가 시급으로 20달러 정도의 돈을 받고 아르바이트로 돈을 모았다는 이야기를 들으니 호주 워킹홀리데이를 통해서라면 세계일주가 가능하다는 생각이 들기 시작했다. 나는 3학년 2학기를 마치고 바로 휴학했다. 호주 워킹홀리데이를 준비하기 위해서였다.

늘 세계일주만 생각하다보니 그 생각들이 작은 계획이 되고, 다시 큰 계획으로 발전했다. 막연했던 세계일주가 구체적으로 그려지기 시작했다. 어느 날 나는 구체적인 계획을 실행에 옮겨 세계일주를 떠나기로 결심했다.

"어머니 아버지,
세계일주 다녀올게요."

칠레에서 국경을 넘어 볼리비아로
넘어갈 때

　세계일주를 계획하며 무엇 하나 이룬 것도 없고 정해진 것도 없는데 불안하지도 않느냐고 스스로에게 물었다. 그럼 무언가가 정해진다면 세계일주를 떠나기 쉬울까? 오히려 무언가가 정해지면 떠나기가 더 어려울 것이라 생각했다. '지금 당장 돈도 없는데 어떻게 여행을 떠나지?' 이런 생각이 세계일주의 의지를 꺾을 때도 있었다. '나중에 취업해서 돈 많이 벌면 떠나야지' 생각도 해보았지만 이런 마음으로는 영원히 떠나지 못할 것 같았다.

여행을 떠나지 않아도 2년은 흐른다. 떠나지 않으면 그만큼 만족스러운 삶을 살 수 있을까? 여행보다 더 많은 것을 느낄 수 있을까? 세계일주를 떠나려면 포기할 것이 많다. 그만큼 얻는 것도 많다. 이런 마음가짐이 변하지 않는다면 난 분명 세계일주를 떠날 것이다. 세계일주를 꼭 한다면 언제 가는 것이 가장 좋을까? 나의 답은 간단하고 분명했다. '어리면 어릴수록, 빠르면 빠를수록', '지금 바로 떠나자!' 그렇게 내 나이 24살에 세계일주를 떠나기로 했다. 졸업하고 취직해서 일을 하고 있었다면 이런 선택이 지금처럼 쉽지만은 않았을 것이다. 학생이었고 가진 것이 없었기에 선택하기가 더 쉬웠다고 생각한다.

내 결심을 부모님께 말씀드리던 날 미리 준비해 놓은 세계일주 계획표를 부모님께 보여드렸다. 세계일주 계획표에는 인천에서 호주로 향하는 3개월 간의 여행 일정과 비용이 표로 만들어져 있었고 나는 각 루트에 있는 펜팔 친구들이 나라별로 몇 명씩 있는지 말씀드렸다. 출발은 4개월 후로 잡고 휴학 후 4개월 동안 아르바이트로 여행 경비 500만 원을 모아 떠날 것이라고 말씀 드렸다.

인천에서 호주까지의 여정은 세세하게 표로 알려드렸지만 호주 이후의 일정은 호주에서 돈을 번 후에 계획하겠다고 말씀드렸다. 내 계획을 들은 부모님께서는 여행 계획을 체계적으로 알려주니 안심이 된다고 말씀하시고는 흔쾌히 다녀오라고 하셨다.

평소 펜팔 친구들과 연락을 하고 있다는 것을 알고 계시던 부모님은 내 여행을 응원해 주셨다. 주변 사람들에게 세계일주를 떠나겠다 했을 때 쓸데없는 생각 하지 말고 빨리 취업 준비를 하라는 걱정스러운 눈빛들도 있었지만 반대로 응원해주는 분들도 많았다. 아직 대학생이며

24살이라는 나이 때문에 이런 계획이 젊음의 패기로 응원을 받을 수 있었다.

나중에 내가 세계일주를 다녀온 후 부모님께서 말씀해주셨다. 내가 세계일주를 떠난다고 말씀드렸을 때 응원은 했지만 몇 년 동안 여행을 하고 올 것이라고는 생각 못하셨단다. 몇 백만 원 모아서 세계일주를 떠난다고는 했지만 막상 집 밖으로 나가서 그것도 해외로 여행을 다니며 생활하면 그 돈은 순식간에 없어질 것으로 생각했다 하셨다. 그래서 여행을 다니며 돈을 벌기 위해 애를 쓰다가 금방 집으로 돌아올 것이라고 예상하셨단다.

내가 펜팔 친구를 사귀고 있었고 체계적으로 여행 계획을 세웠기에 허락은 하셨지만 진짜로 내가 세계일주를 완주할 줄은 모르셨던 것이다.

시간과 용기면
충분하다.

　세계일주를 떠나기 위해 필요한 것은 영어 실력도 돈도 아닌 시간과 용기다. 이 두 가지가 최소 필요충분조건이다. 다른 조건들은 극복할 수 있다. 돈이 충분하다면 더할 것 없이 좋겠지만 돈이 부족하기 때문에 세계일주를 떠날 수 없다는 것은 사실 그만큼 간절하지 않다는 말이다. 영어 실력도 충분히 좋다면 즐거운 여행을 다닐 수 있겠지만 영어 실력만으로 여행이 완성되진 않는다. 돈이나 영어는 간절함이 뒷받침 된다면 극복할 수 있다.

　학기를 마치고 세계일주를 떠나겠다며 휴학했을 때 친구들은 걱정이 많았다. 가장 많이 들었던 말은 "그럼 어디서 자?", "영어로는 어떻게 대화하려고?"였다. 여행에 큰 관심이 없는 사람들은 이런 것들이 정말 궁금한 모양이다. 인도 여행의 경험으로 이런 것들은 큰 문제가 아니고 전부 부딪치면 자연스럽게 해결이 된다는 것을 알고 있었기에 하루 빨리 여행 경비를 모아 떠날 생각뿐이었다.

　인천에서 시작해 호주로 향하는 여행에 필요한 금액은 여행 경비 200만 원과 호주 초기 정착금 300만 원, 총 500만 원을 모으기로 하고 아르바이트를 시작했다. 짧은 기간 시간이 되는대로 아르바이트를 했는데 평일 오전에는 빵집에서 빵을 구웠고 오후에는 중학교 영어학원에서 시험지를 채점했고 학원이 끝나면 노래방에서도 아르바이트를 했다. 2009년 당시 최저 시급은 4,000원이었지만 빵집에서는 경험이 없다는 이유로 3,800원 밖에 주지 않았고 노래방은 시급제가 아닌 마지막 손님이 나갈 때까지 일한다는 조건으로 월급을 받았는데 새벽 늦게까지 손님이 많아 시급을 따져보면 3,500원도 되지 않았다. 짧은 기간 시간이 맞는 아르바이트를 하다보니 좋은 조건에서 일을 하지는 못했다. 여행 자금을 모으는 기간은 육체적으로 많이 힘들었지만 확실한 목표가 있어 그것조차도 즐거웠다. 하루하루 목표치에 가까워지고 있는 것이 너무 행복했다. 확실한 목표는 육체적 고통도 즐기게 만들었다. 그만큼 세계일주는 나에게 절실했다.

세계일주를 꿈꾸는
알바생

아르바이트를 하며 만나는 다양한 사람들은 나에게 왜 휴학하고 아르바이트를 하는지 물었다. 세계일주를 떠나기 위해 돈을 모으고 있다고 대답을 하면 반응이 각양각색이었다. 멋진 계획이라며 자세히 듣고 싶어 하는 사람이 있는가 하면 '여기서 아르바이트나 하고 있으면서 무슨 세계일주를 한다는 거지?'라는 식으로 대놓고 무시를 하는 사람들도 있었다.

내가 아르바이트를 했던 노래방의 사장님은 명문대를 나오고 자식 교육에 상당히 열정을 기울이는 분이셨다. 일을 하다가 시간이 생기면 영어 조기 어학연수를 보낸 자식들 이야기를 많이 하셨다. 그러면서 은연 중에 노래방 알바생은 당연히 이 정도도 모를 것이라는 식으로 말씀하시곤 했다. 내가 세계일주를 떠날 거라고 말했더니 노래방에서 아르바이트해서 모은 돈으로 언제 세계일주를 떠나겠냐며 껄껄 웃으셨다.

세계일주는 워낙 스케일이 크기 때문에 아직 나조차도 세계일주에 대한 불안과 기대가 뒤섞여 있었다. 그런데 내가 꿈에 대한 계획을 말했을 때 격려나 응원, 염려가 아닌 조롱하는 반응에 나는 심하게 스트레스를 받았다.

반대로 내가 빵집에서 아르바이트를 할 때 함께 일했던 알바생 중한 명이 해외 어학연수를 다녀왔던 것을 알고는 놀란 적이 있었다. 나역시도 빵집에서 3,800원의 시급을 받고 일하는 사람이라면 해외 어학연수를 다녀왔을 리 없다는 생각을 하고 있었다. 노래방 사장님의 고정관념 때문에 언짢아하고 기분 나빠했지만 반대로 나 역시도 그와 같은 고정관념이 있었던 것이다. 상식도 알고 보면 고정관념인 경우가 많다. 늘 돌아보고 조심해야겠다.

아르바이트를 하며 만난 많은 사람들이 해외여행을 다녀왔거나 워킹홀리데이 또는 해외 어학연수를 다녀온 사람들이었다. 내가 보기에 시시해 보이는 일을 하는 사람도 다양한 경험이 있었던 것이다. 평범한내 기준에 해외를 그렇게 다녀왔다면 무언가 더 멋진 일을 하고 있을것이라 생각했는데 미국 연수를 다녀온 사람이 서점에서 일을 하고 있고 빵집에서 아르바이트를 하고 있었다.

내가 노력해서 가지려는 이 경험이 나만의 특별한 경험이고 싶었지만, 보상은 둘째치고 특별한 경험이라도 되길 바랐는데 세상이 변해 특별하지 않을 수 있겠다고 생각했다. 나는 해외만 갔다 오면 모든 것을 보상받고 좋은 결과만 있을 것이라는 환상에서 벗어나 조금은 현실을 직시할 수 있었다.

일용직
아저씨들

"그 분들이 힘들게 번 돈으로 가족들의 생계를
꾸려갈 때, 나는 같은 돈으로 세계일주를 떠난
다고 말하는 것이 죄송스러울 정도였다."

2009년 여름, 여행 경비를 모으기 위해 2개월 계약직으로 빵공장 출
하반에서 아르바이트를 했다. 최저임금 4,000원이던 당시 아르바이트로
는 돈을 많이 모을 수 없었기 때문이다. 한 달에 180만 원의 월급을
받았기 때문에 120만 원을 받는 다른 아르바이트보다 나았다.

24시간 가동되는 공장에서 끊임없이 쏟아져 나오는 오백 종류가 넘
는 빵들을 제 위치에 옮겨놓고 끝도 없이 들어오는 전국의 배송기사 아
저씨들이 물건을 가져갈 수 있도록 운송장에 표시된 대로 빵의 종류
와 수량에 맞춰 옮기는 일이었다. 잠깐 30분씩 하루 2번 쉬는 시간을
제외하고 1일 2교대로 12시간 동안 쉬지 않고 일을 해야 했다. 손에는

물집과 굳은살이 가득했고 일이 끝난 후 집에 도착하면 잠에 골아 떨어졌다. 그리고 눈을 뜨면 또다시 출근해서 12시간 동안 쉬지 않고 일을 하는 일과가 반복됐다.

나와 함께 일을 하던 사람들 중 내 또래는 없었고 대부분 30대 40대 아저씨들이었다. 그때 그 아저씨들은 위기의식이 강해 보였다. 한 가정의 가장으로 아내와 자식들의 삶을 책임져야 하는 입장에서 정규직이 아닌 계약직으로 언제 일을 그만두게 될지도 모르는 상황이었기에 그동안 아르바이트를 하며 만났던 또래의 학생들과는 일에 임하는 자세가 달랐다. 정규직이 되면 계약직보다 월급을 50만 원을 더 받기 때문에 대부분 정규직을 목표로 성실하게 일을 하셨다. 그 분들에게 일이 고된 건 중요하지 않았다. 그저 일을 해야 한다는 다급함과 간절함이 느껴졌다. 그 분들이 힘들게 번 돈으로 가족들의 생계를 꾸려갈 때, 나는 같은 돈으로 세계일주를 떠난다고 말하는 것이 죄송스러울 정도였다.

어두침침한 공장에서 일을 하며 인생이 참으로 냉혹하다는 것을 느꼈다. 돈이라는 게 무엇인지, 돈을 벌기 위해 하루 대부분의 시간을 온몸이 녹초가 되도록 일을 하며 그 돈으로 빠듯하게 자식들을 키우며 살고 있는 가장들의 현실을 볼 수 있었다. 그 전까지는 나는 그렇게 힘든 일을 하시는 분들에 대해 깊이 생각해 본 적이 없었다. 으레 처음부터 그런 일을 하는 사람들이라고 생각을 했다. 하지만 공장에서 일을 하며 아저씨들과 대화를 나누다 보니 그분들도 나와 똑같은 학생이었고 대학교를 나왔고 군대를 다녀왔으며 꿈 많은 청년이었던 적이 있었다. 그러다 가족들을 부양해야 하는 현실 앞에 자신의 꿈과 다르게 이곳에서 일을 하게 되었다는 것이다. 옷가게 사장님이었던 아저씨도, 중국 식당을 운영했던 요리사 아저씨도 있었다. 그 분들은 내가 단기로 두 달만 일을 하기로 계약한 것을 알고는 경험에서 우러나오는 조언을 해주었다. 지금부터 다른 생각 하지 말고 여기에 눌러 앉아 꾸준히 일을 하라는 것이었다. 큰 회사에 취직할 수 없다면 대학교는 졸업해서 뭐하냐며 지금부터 여기서 일을 하면 퇴직금으로 1억 정도 받을수 있고 좋지 않느냐고도 했다. 그분들은 사회생활의 살벌함과 어려움을 알고 있기 때문에 나에게 진심 어린 조언을 해주었던 것이다. 그때그 아저씨들과 대화를 하며 인생을 살아간다는 것이 너무 힘들다는것을 깨닫게 되었다. 부모님 밑에서 아무것도 몰랐던 나의 세상과는다른 세상이 있다는 걸 배웠다.

한편으로는 내가 잘못된 선택을 하는 건 아닌가 두려웠다. 학교를졸업하고 취업을 준비해도 모자랄 때 몇 년 간 여행을 떠난다는 것, 그후 돌아와서 취업 준비를 하다가 실패한다면 청년 백수가 내 미래가될 수도 있다.

부모님이 세우신 울타리 안에서 살며 평범하게 직장인으로 사시는부모님의 삶을 재미없다고 낮춰 생각했고, 나는 즐겁게 살겠다고 다짐했다. 하지만 울타리 밖 세상이 내 눈 앞에 현실로 나타나니 내가 당연하게 누리던 것들은 당연한 게 아니었다. 그 모든 것은 내가 모르는어딘가에서 우리 부모님이 저렇게 힘들게 일하신 대가로 누려온 것들이었다. 내가 안쓰럽게 생각했던 아저씨들의 모습은 우리 부모님, 그리고 나를 포함한 동시대 사람들의 모습이나 마찬가지다. 내가 그 모습을 나와는 상관없다고 생각했던 이유는 부모님의 품에 가려져 내 눈

앞에 현실로 보이지 않았기 때문이다. 평범하게 산다는 것이 얼마나 어려운지 모르고 있다.

세계일주에는 커다란 결심과 용기가 필요했지만, 그 마음 속에는 부모님에 대한 죄송스러움도 많이 포함되어 있었다. 내가 번 돈으로 나 하나 즐겁기 위해 여행을 떠나는 것이 과연 옳은 일인지 고민하고 또 고민했다. 이런 내 모습과 목표와 결정에 대해 웃으며 응원해 주시는 부모님께 감사를 드렸다. 그 마음은 지금도 변함없다.

Part 4.

세계일주 #01

출발

    세계일주를 위해 목표했던 500만 원을 모두 모았다. 구체적인 준비에 들어갔다. 여행에 필요한 배낭과 물품들을 구입하였고 호주 워킹홀리데이를 위한 비자도 신청하고 여행 중 필요한 예방접종도 맞으며 여행 정보를 수집했다. 그리고 시간이 흘러 세계일주를 떠나기 전날 밤이 되었다.

    여행을 떠날 최종 준비를 하며 가족들에게 맡겨놓을 물건들을 정리했다. 그 중 여행자보험증서도 있었다. 부모님께 드릴까 하다가 형에게 맡겼다. 1년이 넘는 여행이다 보니 혹시 모르는 상황이 생길 수도 있어서 여행자보험을 들었다. 여행 중 불의의 사고라도 당한다면 가족의 입장에서는 끔찍한 일이 아니겠는가. 그래도 혹시나 하는 마음에

든 보험이니 증서를 누군가에게 줘야 했다. 그렇게 세계일주를 떠나기 전날 밤, 비장한 마음으로 형에게 여행자보험증서를 주며 말했다.

"형 혹시 내가 세계일주 중에 행방불명되거나 죽은 것으로 확인되면 이곳에 연락해. 그러면 보험금 1억을 받을 수 있을 거야."

그런 끔찍한 일이 벌어지면 안 된다고 생각하며 웃으며 농담처럼 말했다. 혹시라도 그런 일이 벌어진다면 가족들이 작은 보상금이라도 받아야 하지 않을까 하는 마음에 진심으로 한 말이었다. 내가 장난스럽게 한 말에 형도 장난스럽게 대답을 했다.

"야~! 1억이나 줘? 와~ 좋다~! 너 그냥 가서 오지 마라! 하하하!"

세계일주를 떠나기 전날 마냥 즐겁고 신날 줄만 알았는데 막상 그날이 다가오니 많이 긴장됐다. 그렇게 세계일주를 떠나는 날이 찾아왔다.

이른 아침 자리에서 일어나 거실로 나왔다. 어느 때와 마찬가지로 아버지는 아침식사를 하시고 출근 준비를 하고 계셨다. 아버지는 출근하시기 전에 내 손을 잡고 잘 다녀오라고 말씀하시고는 현관문을 열고 출근을 하셨다.

짐을 챙긴 후 어머니, 형과 인사를 나누고 집을 나왔다. 오랜 준비 후 떠나는 세계일주지만 집 주변을 보며 이 동네를 앞으로 몇 년간 볼 수 없다고 생각하니 느낌이 새로웠다.

인천항으로 향하는 나를 마중하기 위해 쫓아온 친구들은 내 여행

가방에 덜렁거리는 끈을 보고는 정리 좀 잘 하고 오지 그랬냐고 말했다. 나는 그 끈을 그냥 칼로 잘라버릴까 생각했다. 하지만 알고 보니 그 끈은 가방의 위와 아래 중간 세 부분으로 지퍼를 잠근 후 조일 수 있도록 만들어진 것이었다. 여행에 꼭 필요했던 아주 유용한 기능인데 세계일주를 출발할 때는 이것조차 모르고 있었다.

인천 국제여객항 출국장 앞까지 왔다. 배를 타고 출국하기 직전 간단하게 밥을 먹으며 주변 분위기를 살폈다. 국제여객항의 출국장 분위기는 국제공항 출국장 분위기와 사뭇 달랐다. 국제공항 출국장에는 여행을 떠나려는 여행객들이 붐비지만 이곳 여객항에는 여행보다는 업무적인 일로 떠나거나 보따리를 들고 다니는 중국 아저씨 아주머니들이 많았다. 그렇게 많은 대기 인원들과 함께 승선 시간을 기다리고 있는데 주변을 보니 전부 중국말로 대화를 나누고 있었다. 친구가 내게 물었다.

"야, 너 중국말도 못하는데 중국에 가서 여행 잘 할 수 있겠냐?"

안 그래도 불안한데 친구의 말을 들으니 중국어 회화 책이라도 한 권사 올 걸 그랬나 후회가 됐다. 승선 시간이 되어 친구와 마지막 작별 인사를 나누고 배에 탑승했다. 갑판 위에서 인천항을 바라보니 내가 정말 떠나는가 싶었다. 세계일주에 대한 기대와 설렘, 불안과 걱정이 교차하며 묘한 기분으로 멀어지는 인천항을 바라보았다. 중국 텐진에 도착하기까지 27시간이 걸린다. 꼬박 하루를 넘게 배에 있어야 했다.

배를 타고 여행을 시작한 이유는 빠르게 이동을 한다는 것에 매력을 느끼지 못했기 때문이다. 마음만 먹으면 비행기를 타고 먼 나라를 10시간 만에 이동할 수 있는 세상에서 빠르게 이동하며 여행지를 찍듯 다니는 여행은 하고 싶지 않았다. 배, 기차, 버스를 타고 천천히 이동하는 여행을 하고 싶었다. 2년 후 세계일주를 마치고 귀국할 때는 지구를 한 바퀴 돌아 일본 후쿠오카에서 배를 타고 부산으로 입국하자는 계획을 세웠다.

배에 탑승 후 사진을 찍으며 식당, 매점, 갑판을 돌아다녔다. 긴 여행의 역사적인 1일차의 모습을 사진으로 많이 남겨놓고 싶었다. 그렇게 사진을 찍으며 배 구경을 마치고 선실로 돌아와 침상에 앉아 짐을 정리했다. 그런데 내 여권이 보이지 않았다.

분명 바지 오른쪽 주머니에 넣어두었는데 여권이 사라졌다. 가방을 뒤지며 여권이 있을 만한 곳을 모두 찾아 보았는데 여권은 보이지 않았다. 등이 써늘해지며 큰일났다고 생각했다. 긴 여행의 첫날, 이제 막 여행을 시작했는데 여권을 분실하다니 어떻게 이런 일이 있을까? 다시 찾아봤지만 여권은 어디에도 없었다. 선실을 뛰쳐나와 사진을 찍으며 돌아다닌 곳들을 모두 돌아다녔지만 어디에도 여권은 보이지 않았다. 그러다 배 리셉션에 여권이 쌓여있는 것을 보았다. 배에 탑승하고 중국 선상비자 신청을 위해 리셉션에 여권을 맡겨 놓은 것이 뒤늦게 생각이 났다. 큰 안도감과 함께 어떻게 선상비자 신청한 것을 잊어버릴 수 있나 하는 생각도 들었다.

방금 전까지는 여권을 찾아다니며 '이렇게 허무하게 세계일주 출발 하루 만에 중국에 입도도 못하고 한국으로 추방되나?' 고민을 했지만 여권을 찾았다는 큰 안도감에 긴장이 풀렸다. 당시에는 심각했지만 지나고 보니 세계일주 첫째 날의 잊지 못할 추억의 하나로 남아 있다. 그 야말로 극도로 긴장하고 있던 세계일주 1일차의 모습이었다.

여권을 찾고 긴장이 풀린 나는 침상에 털썩 누워 생각했다. '앞으로 세계일주를 다니며 얼마나 많은 문제들이 발생하고 해결해야 할까? 2년 후의 나는 어떤 모습으로 변해있을까?' 기대감과 불안감이 교차하는 가운데 세계일주는 시작되었다.

가방만큼
무거운 마음

"여행을 떠날 때는 몸도 마음도
가볍게 미련을 버리고 훌훌 떠나야 한다."

배에서 꼬박 하루를 보내고 다음날 중국 톈진에 도착했다. 입국 심사를 위해 이미그레이션을 통과하려는데 중국 사람들은 전혀 줄을 서지 않았다. 힘겹게 입국 심사를 마치고 톈진항 밖으로 나왔다. 여행 출발 전 톈진에서 베이징으로 가는 방법에 대해 인터넷에 검색해 보았지만 어디에도 설명이 잘 나와 있지 않았다. 분명 톈진에 도착하면 베이징으로 가는 방법들을 알 수 있을 것이라 생각하고 무작정 도착한 것이다. 톈진항 밖으로 나오니 저 멀리 한글로 '베이징'이라고 적혀있는 버스가 보였다. 무작정 버스에 올라타고 얼마 지나지 않아 버스는 베이징으로 출발했다. 여행을 떠나기 전 여행 중 일어날 일들에 대해 하나하나 미리 고민하며 해결 방법을 찾아 놓으려고 고민했지만 막상 여행을 출발하고 그 상황에 닥치면 미리 고민했던 일들은 대부분 잘 해결이 되었다.

버스를 타고 2시간을 달려 도착한 베이징의 어딘가에서 지하철을 타고 천안문광장 역 앞에서 내렸다. 날은 어두워지고 예약도 하지 않은 숙소를 찾아 한참을 돌아다녔다. 8월의 무더운 날씨 속에서 무거운 가방을 메고 베이징 골목을 돌아다니며 숙소를 찾아다니니 몸에는 땀이 비 오듯 쏟아지고 있었고 점점 체력이 고갈되고 있었다. 무거운 가방을 집어 던지고 싶은 생각만 가득했다.

여행을 떠나기 전 배낭을 꾸리며 필요한 물건들을 침대 위에 올려놓고 짐정리를 했다. 정말 필요한 물건만 넣었다고 생각했지만 내 가방에는 짐이 여전히 많았다. 여행이 즐거워지기 위해서는 가방이 가벼워야 하는데 내가 포기하지 못하고 챙겨온 짐들이 나의 여행을 힘들게 하고 있었다. 여행을 떠날 때는 몸도 마음도 가볍게 미련을 버리고 훌훌 떠나야 한다. 나는 아직 내가 갖고 있는 것에 미련이 많았나 보다.

불을
지펴라

펜팔을 처음 시작했을 때 영어 실력이 좋지 못해 부담이 컸다. 친구와 이메일을 주고받아야 하는데 영어로 글을 쓰고 상대방이 쓴 글을 이해하기 어려웠기 때문이다. 상대방이 보내준 메일을 이해하는 데 시간이 오래 걸렸을 뿐만 아니라 내가 하고 싶은 말을 영어로 표현하는 게 어려웠기 때문이다. 영문으로 타이핑도 익숙하지 않아 어려웠다.

문제는 내가 영어에 어려워하는 것처럼 상대방도 영어에 어려움을 갖고 있다는 것이다. 나와 펜팔을 하던 친구들 중 영어를 모국어로 사용하는 친구들은 일부분이었다. 대부분의 친구들은 영어를 읽고 쓰는 데 능숙하진 않았다. 다만, 나처럼 외국인 친구를 사귀고 싶어했을 뿐.

중국 광저우에 살고 있는 유웨이사는 내가 지금까지 만난 모든 펜팔 친구들 중에서 영어를 가장 못하는 친구였다. 나도 힘들게 작문을 해서 메일을 보내고 그 친구의 답장을 읽어보면 도대체가 무슨 말을 하는지 알 수 없었다. 집중하고 유추하고 상상해가며 그 친구의 뜻을 짐작해야 했다. 그러던 중 그 친구가 나보고 지금 뭐 하고 있냐고 묻길래 시험 공부를 한다고 그랬더니 그 친구의 답장에 한글로 이렇게 적혀있었다.

'불을 지펴라!'

처음에는 도무지 이해가 되지 않았다. '불을 지펴라', 무슨 뜻일까? 계속 메일을 주고받다가 무슨 뜻인지 이해를 하게 되었다. 그 친구가 구글번역기를 이용해서 중국어로 "힘내! 열심히 해!"를 한글로 번역을 하면 '불을 지펴라!'가 나온 모양이다. 이메일이라는 수단으로만 소통을 하다 보니 이런 황당한 해프닝이 벌어지기도 했다. 서로 친구가 되고 싶은 마음이 크기 때문에 웃고 넘어갈 수 있는 좋은 추억이 됐다.

태양빛이 너무나 뜨겁게 내리쬐던 한여름 중국 텐진에서 시작된 나의 여행은 점점 아래로 내려와 적도를 향하고 있었다. 상하이에서 기차를 타고 광저우 가는 길 창밖의 풍경에 야자나무가 많이 보여 남쪽으로 향하고 있음을 느꼈다. 광저우에 도착해 호스텔 숙소를 구하고 나에게 불을 지피라고 했던 유웨이사에게 메일을 보냈다. 내가 광저우에 도착했다고 말하고 어디서 만날지 이야기를 나누다. 다음날 12시 정각에 광저우 중산기념당 입구에서 만나기로 했다.

약속을 잡아놓고 더위를 식히려고 숙소에 에어컨을 세게 틀고 잠깐 자고 일어났는데 몸이 심하게 아파오기 시작했다. 더운 날씨에 무거운 배낭을 메고 돌아다니며, 중국 음식이 입에 맞지 않아 잘 먹지도 못해서인지 호스텔 도미토리 숙소의 강한 에어컨 바람 때문에 감기에 걸려버린 것이다. 갑작스런 감기에 몸을 움직이기도 힘들어 밖으로 나가지도 못하고 그냥 숙소에만 누워 있었다. 우리나라에서 출발할 때 가져간 몸살감기 약을 먹어도 소용이 없었다. 이제 여행을 출발한 지 보름 정도밖에 되지 않았는데 이대로 한국으로 돌아가야 하나. 그 정도로 몸 상태가 좋지 않았다.

다음날, 몸은 전혀 나아지지 않았지만 유웨이사와 약속을 해 놓은 터라 그녀를 만나기 위해 약속 장소로 향했다. 하지만 약속한 시간과 장소에 유웨이사는 나타나지 않았다. 한참을 기다리다 결국 유웨이사 핸드폰으로 전화를 걸기 위해 공중전화를 찾아다녔다. 하지만 동전으로 사용할 수 있는 공중전화가 없어 전화카드를 사려고 근처 슈퍼마켓과 매점을 헤매고 다녔다. 슈퍼나 매점에도 공중전화카드는 없었다. 가게 주인 아주머니 아저씨들이 내 말을 이해하지 못했을지도 모르겠다. 한낮에 돌아다니자 몸의 상태가 점점 더 나빠지기 시작했다. 전화카드 사는 걸 포기하고 지나가는 젊은 남자에게 핸드폰 한 통화만 하자고 부탁했더니 쿨하게 전화기를 건넸다. 진작에 사람들에게 부탁할 걸. 유웨이사에게 전화를 걸자 전화를 받는 그녀, 하지만 영어로 의사소통을 하기가 힘들다. 핸드폰 주인에게 대신 통화를 부탁했다. 눈치를 챈 핸드폰 주인이 유웨이사와 통화를 하고는 나에게 그녀는 내 호스텔 입구에서 기다리고 있었다고 한다. 그러면서 그녀가 이곳으로 올 것이니 나보고 다른 곳에 가지 말고 이곳에서 유웨이사를 기다리고 있으라고 했다. 나와 유웨이사는 또다시 서로 의사소통을 잘 하지 못해 엇갈렸던 것이다.

드디어 만난 유웨이사와 나는 서로 대화가 통하지 않아 영어전자사전을 꺼내놓고 대화를 나누었다. 만나서 서로 대화를 나누려니 서로 하고 싶은 말은 많았지만 전자사전을 통해 대화를 나누다 보니 오히려 펜팔로 연락을 할 때 보다 더 시간이 오래 걸렸다.

사소하면서도 별 것 아닌 이야기들로 대화를 나누며 시간을 보내다가 내 몸 상태가 정상이 아니란 걸 유웨이사가 알았다. 그녀는 내 안색을 살피고는 나를 걱정해주며 약을 사주겠다고 나를 어느 약방으로 데려갔다. 그 약방에서는 우리나라 쌍화탕과 같은 약을 팔고 있었는데 무려 500ml짜리 페트병에 담겨 있었다. 딱 보기만 해도 엄청 써 보였는데 그 많은 양을 모두 마셔야 한다고 재촉했다. 조금 망설이다가 한 모금 마셔보니 역시나 엄청 썼다. 메스꺼움과 함께 속에서 구토가 올라오려고 했지만 간신히 참고 조금 더 마셔 보았다. 나를 똘망똘망 쳐다보던 유웨이사는 어서 다 마시라고 성화다. 결국 유웨이사가 마시라고 준 약을 그녀 앞에서 벌컥벌컥 다 마셨다. 그녀를 버스에 태워 집에 보내고 숙소로 돌아오는데 속이 계속 부글거렸다. 사람이 많은 광저우 대로변이었기 때문에 '여기서 오바이트를 하면 안 된다 안 된다'고 중얼거리며 참고 참았지만 결국 한계에 다다라서 폭발하고 말았다. 그렇게 나는 광저우 길거리에서 화끈하게 불을 지폈고, 내 감기는 말끔히 날아갔다.

세계일주
기념품

"내가 유일하게 모으는 세계일주 기념품이
있었으니 그것은 바로 국기 패치."

국기 패치들

전 세계의 많은 여행지를 돌아다니다 보면 곳곳에서 구입하고 싶은
기념품들이 많다. 그럴 때마다 내 여행을 기념할 만한 물건들을 집에
가져다 놓으면 얼마나 좋을까, 여행지에서 구입한 물건들로 내 방 곳곳
을 장식하면 어떨까 하는 생각도 해보았다.

하지만 적은 돈으로 세계일주를 다니는 여행자의 입장에서 기념품
을 구입하는 건 쉽지 않다. 그만큼 여행을 다니며 누릴 수 있는 선택
의 폭을 줄인다는 생각이 들어 구입하지 않았다. 배낭여행을 다니는

입장에서 부피가 큰 기념품은 이동을 하기에도 부담이다. 그래서 나는 여행을 다니며 기념품을 구입하지 않기로 했다. 적은 무게라도 줄이기 위해 책자나 정보 글이 있으면 필요한 부분만 찢어서 갖고 다니거나, 그 부분만 사진을 찍어서 카메라 화면을 보면서 다니고 나머지 부분은 모두 버리는 마당에 크거나 무거운 기념품은 애당초 불가능했다. 심지어 옷도 찢어지거나 헤지면 버리기만 했지 새로 구입하지는 않았다. 배낭여행을 다니다 보면 내게 필요한 물건과 필요하지 않은 물건들이 나뉘었고 짐도 점차 줄었다.

하지만 여행하며 만난 펜팔 친구들 그리고 여행 중 사귄 친구들은 나에게 특별한 선물을 주고 싶어했다. 먼 나라에서 자신을 만나기 위해 찾아온 손님에게 두 손 가득 선물을 들려 보내고 싶은 건 인지상정인 모양이다. 부피가 크기 때문에 선뜻 받아들기 힘든 기념품들이지만 나 역시도 그 물건들을 보관하고 싶은 마음이 간절했다. 중국에서 만난 펜팔 친구는 나에게 도자기를 선물로 주었다. 귀중한 손님이라며 선물한 것이다. 도저히 마다할 수 없어 받았지만 도자기를 들고 배낭여행을 다닐 수는 없었다. 어쩔 수 없이 집에 소포로 보냈지만 100원까지 아끼면서 여행을 다니는 입장에서 우리나라로 소포를 보내는 비용도 부담스러웠다.

소지품을 줄이고 오직 나에게 필요한 것만 가지고 사는 여행자의 삶을 살았다. 하지만 그럼에도 유일하게 모으는 세계일주 기념품이 있었으니 그것은 바로 국기 패치. 방문한 나라의 국기 패치를 모으는 것이었다. 국기를 사서 가방에 꿰매는 일은 여행 중 큰 즐거움이었다. 나라를 한 곳 더 다닐 때마다 생기는 국기 패치는 내 여행의 훈장과 같았다.

　세계일주 초반 베트남을 여행할 때 어느 서양 여행자가 자신의 배낭에 많은 나라의 국기를 붙이고 여행을 다니는 것을 보았다. 그게 참 멋졌다. 그래서 나도 여행을 다니며 가방에 국기를 붙이기로 했다. 베트남부터 내가 방문하는 나라마다 국기를 사서 가방에 붙이고 다녔다.

　내 가방은 여행 중 기념품을 구입하지 않았던 나에게 큰 기념품이 되었다. 새로운 나라에 방문했을 때 나는 빨리 가방에 새로운 국기를 붙이고 싶다는 생각에 즐거운 마음으로 국기를 사러 돌아다녔다. 국기 패치를 사와서 휘파람을 불며 가방에 꿰매는 모습을 본 일본 친구는 내게 정말 행복해 보인다고 했다. 그 순간 나는 진심으로 행복했다. 여행을 다닐 때는 사소한 것에서도 행복을 느꼈다.

　국기 패치에 관한 나만의 기준도 있었다. '국기 패치는 그 나라에서 구입한 국기만 붙인다'였다. 전 세계의 어느 나라를 가도 관광객이 있을 법한 곳에는 패치를 팔고 있었다. 하지만 시리아를 방문했을 때는 아무리 찾아봐도 패치를 파는 곳을 찾지 못해 나만의 기준을 충족하지 못할 것 같았다. 다행히도 시리아 여행 마지막 날 우연히 군부대 근처를 지나다 군복에 붙이는 패치를 팔고 있는 것을 발견하여 구입할 수 있었다. 오히려 기준을 충족하지 못한 나라가 있으니 일본이었다. 세계일주의 마지막 국가 일본을 여행할 때, 국기 패치를 구입하지 못해 어쩔 수 없이 일본 국기 배지로 만족해야 했다. 그렇게 여행을 마친 내 방의 배낭은 22개의 패치와, 1개의 배지가 붙어있는 내 여행 최대 기념품이다.

30일 차
세계일주 여행자

한국인 게스트 하우스
DDM

중국부터 시작한 여행은 처음 걱정했던 마음과는 다르게 베트남, 캄보디아를 거쳐 태국까지 무사히 이어졌다. 펜팔 친구들 그리고 여행지에서 만나는 친구들과 여행의 즐거움을 만끽하며 여행을 다니고 있었다. 인도 여행에서 만난 프랑스 친구 싸빈처럼 나도 기분 내키는 대로 자유롭게 여행을 떠날 수 있는 상황을 스스로 만들었다. 그리고 스스로 만든 그 상황을 온전하게 즐기고 있었다. 내 인생의 주체가 되어 진짜 내 인생을 살아가는 느낌을 받았다.

세계일주를 출발한 지 30일째 되던 날, 태국 방콕의 DDM이라는 게

스트하우스에 도착했다. 한국인 여행자 게스트하우스였기 때문에 많은 한국인 여행객들이 숙소에 묶고 있었다. 특히나 추석 연휴를 맞이해 한국인 관광객이 넘쳐나고 있었다. 중국, 베트남, 캄보디아를 거쳐 태국까지 오며 한국 여행자들을 만나보기는 했지만 한 번에 이렇게 많은 한국인들을 만난 적은 없었다. 여행을 떠나와 들떠있는 한국인들을 보니 나도 함께 흥분되고 신이 났다. 그렇게 한국인들 틈에서 방콕의 화려한 밤거리와 여행자의 기분을 만끽하고 있었다.

방콕에서 만난 이들은 대부분 단기 여행을 온 여행자들이었다. 그래서 내가 인천에서 배를 타고 중국, 베트남, 캄보디아를 거쳐 태국까지 왔다는 것을 신기하게 쳐다보았고 내 여행의 무용담을 듣고 싶어 했다. 한국에서 평소 말이 없는 편이었는데 여행지에서 많은 사람들의 관심을 받는다는 것에 당황했지만 사람들의 요청에 나의 여행 이야기를 하기 시작했다. 한국에 있을 때 조용한 대학생이기만 하던 내가 이렇게 사람들에게 주목을 받으며 중심에 있다는 것에 뿌듯했다.

게스트하우스의 특성상 방에는 많은 여행자들이 들어오고 나갔다. 그렇게 우리 방에는 새로 들어온 형님 두 분이 있었다. 한 분은 수염이 길었고, 다른 한 분은 머리가 길었다. 여행자들이 으레 그렇듯 가볍게 자신의 이름과 나이를 밝히고 격의 없이 이야기를 나누기 시작했다. 형님들 중 한 분이 나에게 어떤 여행을 하고 있냐고 물었다. 나는 세계 일주를 떠나온 것을 강조하며 인천에서 배를 타고 출발해서 30일 동안 중국, 베트남, 캄보디아를 거쳐 태국까지 왔다며 의기양양하게 뽐내듯 말했다. 두 형님은 내 이야기를 흐뭇하게 들으시며 대단하다며 나를 치켜세워 주셨고 나는 더 신이 나서 내 여행 이야기를 신나게 떠들어댔다. 한참을 떠들다가 수염 긴 형님에게 물었다.

"형은 왜 수염을 기르세요?"
"여행 중엔 안 자르려고"
"그럼 형은 여행을 얼마나 하신 거에요?"
"2년이 조금 넘었네"

2년! 그 분은 우리나라를 떠나 2년째 세계일주 중인 여행자였다. 그래서 옆에 머리가 긴 형에게 혹시 여행을 하는 동안 머리를 자르지 않은 것이냐 물어보았더니 역시나 마찬가지. 세계일주를 떠난 지 3년이 넘었는데 여행하는 동안 한 번도 머리를 자르지 않고 기르고 있다고 말했다.

여행의 기간이 길거나 많은 나라를 여행했다고 해서 반드시 더 멋진 여행은 아닐 것이다. 하지만 장기 여행을 동경하는 사람의 시선으로 보았을 때 여행 기간이 길면 더 대단해 보이고, 더 많은 나라를 여행했다고 하면 더 멋진 여행자처럼 보인다. 그런 형들 앞에서 나 잘났다는 듯이 30일 동안의 여행 경험을 쉬지 않고 떠들었으니 참으로 부끄러운 경험이 아닐 수 없다.

그 분들은 오랜 여행으로 여행의 기간이 길거나 많은 나라를 여행했다고 해서 더 멋진 여행이 아니라는 것을 온 몸으로 터득했기에 내 무용담을 순수하게 들어주었다고 생각한다.

싱가포르의
친구들

"아무리 작은 나라지만
해외의 낯선 길거리에서 우연히 친구를 만나게
될 것이라고는 전혀 생각하지 못했다."

여행 72일째. 아시아 최남단 싱가포르에 도착했다. 세계일주의 첫 국가 중국 베이징의 숙소에서 만난 싱가포르 친구를 만났다. 요한이라는 친구였는데 베이징에서 이틀 간 함께 지내고 만리장성까지 함께 다녀온 친구다. 그는 내가 싱가포르에 도착하는 시간에 맞춰 버스터미널로 마중 나왔다. 버스 시간이 변경되면서 조금 엇갈리기는 했지만 무사히 요한을 만날 수 있었다. 동남아시아 여행을 마치고 호주로 떠나기 전 마지막 목적지인 싱가포르, 몇 달 전 중국에서 만나 같이 여행했던 요한을 다시 만나게 되니 너무나 반가웠다.

요한은 싱가포르에서 요긴하게 사용할 수 있는 교통카드, 지도 등을 건네주며 반갑게 맞이해줬다. 요한과 국립도서관 근처를 지나 싱가포르 경영대학교(SMU)를 지날 때, 저 멀리서 "찬영~"이라고 부르는 소리가 들렸다. 설마 나를 부르는 것일까? 뒤를 돌아보니 놀랍게도 샤론이 나를 부르고 있었다.

샤론은 인도로 첫 배낭여행을 갔을 때 델리 붉은 성 앞에서 만났던 싱가포르 친구였다. 사진을 찍으며 성 안을 돌아다니던 그녀에게 말을 걸어보니 싱가포르에서 왔다고 해서, 자연스럽게 대화를 나누다 인연이 되어 함께 구경을 했다. 이후 1년 동안 꾸준히 연락을 이어왔고 싱가포르에 도착해 곧 만나자고 약속을 정하려던 찰나였다. 이렇게 길에서 우연히 다시 만나게 되니 신기했다. 서울 크기의 1.1배 밖에 되지 않는 도시국가 싱가포르, 아무리 작은 나라지만 해외의 낯선 길거리에서 우연히 친구를 만나게 될 것이라고는 전혀 생각하지 못했다. 나는 인도 델리에서 만났던 샤론과 중국 베이징에서 만났던 요한, 두 싱가포르 친구와 함께 시내를 구경할 수 있었다. 그 두 친구와 함께 길을 걸어다니다 보면 많은 젊은 친구들이 요한, 샤론과 인사를 나눴다. 문득 이 작은 나라의 젊은 학생들은 모두 서로 친구일 것 같았다. 학교 앞 길거리에서 만난 친구들 중 한 친구를 요한은 자신의 친구라며 소개시켜줬다. 그 친구의 이름은 비야였다.

한국 드라마와 슈퍼주니어 이야기를 쉬지 않고 이어가는 비야는 나에게도 이것저것 많은 것들을 질문했다. 내가 싱가포르에 머무는 동안 요한을 만나기 위해 매일 학교를 드나들었는데 그때마다 샤론이나 비야를 비롯해 많은 친구들을 만날 수 있었다.

한번은 요한의 수업이 끝나는 시간에 맞춰 교실에 들어갔는데 많은 학생들이 비야 주변에 몰려 있었다. 무슨 일인지 궁금해 옆에서 구경해 보니 비야와 다른 친구들의 관계가 좀 독특했다. 알고 보니 비야는 학생이 아니라 교수였다. 애초에 요한이 나에게 비야를 소개할 때 친구라고 했고, 다른 학생들도 비야를 부를 때 교수라는 호칭 대신 이름을 불렀기 때문에 나는 당연히 학생이라고 생각했다. 여행을 통해서 경험해 볼 수 있었던 참 생소하지만 매력적인 문화였다.

호주
워킹홀리데이의
시작

　싱가포르 여행을 끝으로 동아시아 여행은 끝이 났다. 나는 여행 경비를 모으기 위해 호주의 북쪽에 위치한 다윈(Darwin)으로 향했다. 진화론을 주장한 다윈이 이곳을 세 번 방문해 도시 이름이 다윈이 되었다. 내가 호주의 가장 북쪽에 위치한 이 곳을 선택한 이유는 한국인이 별로 없고 열대 기후로 망고 농장이 유명하여 농장 일을 구하기 상대적으로 쉽다는 정보 때문이었다. 인구 6만 명이 살고 있는 다윈에는 한국인이 그리 많지 않았고 유일한 한인업소는 미용실 한 곳 뿐이었다.

　동아시아 일주를 마치고 호주에 도착했을 때 해냈다는 성취감도 있었지만 이제 한 층 더 큰 도전이 나를 기다리고 있다는 생각에 큰 부담이 되었다. 싱가포르까지 72일 동안의 여행은 온전히 내가 한국에서 아르바이트로 모아놓은 돈으로 즐길 수 있었다. 수입은 없었지만 알뜰하게 돈을 쓰기만 하며 지냈다. 돈에 대한 부담이 없었으니 여행은 즐거웠다. 하지만 이제 호주에 왔으니 일자리를 찾아다니며 돈을 벌어야 했다. 다시 세계일주를 떠날 자금, 최소한 유럽 일주를 할 수 있는 여행

자금을 벌어야 한다는 압박감과 새로운 도전에 대한 기대감이 교차했다.

처음 호주에 도착했을 때 계획한 게 있었다. 호주에서 모은 돈에 따라 여행할 대륙을 정리해봤다. 물론 이상적인 경우는 맨 마지막이었다.

1. 0원 = 귀국
2. 400만 원 = 유럽
3. 700만 원 = 유럽, 중동
4. 1,300만 원 = 유럽, 중동, 남미, 일본
5. 1,800만 원 = 유럽, 중동, 남미, 북미, 일본
6. 2,300만 원 = 유럽, 중동, 남미, 북미, 아프리카, 일본

내가 가고 싶은 지역들을 우선하여 대략적으로 순서를 만들었다. 펜팔 친구들이 가장 많은 유럽을 우선 순위에 두었고 평소 가장 가보고 싶었던 중동과 남미를 그 다음 순위에 두었다. 그리고 돈을 더 모아 여유가 있다면 북미와 아프리카를 여행해보고 싶었다. 하지만 혹시라도 문제가 생겨 조금의 돈도 벌지 못한다면 우리나라로 되돌아가야 했다. 그것 또한 크게 나쁘지 않다고 생각했다. 아무도 모르는 낯선 나라, 낯선 도시에서 돈을 벌기 위해 도전했다는 것 역시 좋은 경험이 될 테니까.

우리나라에서 아르바이트를 할 때도 처음 일자리를 구해 일을 시작할 때면 긴장하곤 했다. 빵집에서 아르바이트를 시작할 때 손님이 오면 포스를 찍고 계산을 해야 하는데 빵 종류가 너무 많아서 이름들을 어떻게 다 외우는지 정신이 없었다. 서점에서 아르바이트를 할 때도 손님

을 상대하고 책을 정리하는 일에 적응하고 익숙해지기까지 시간이 걸렸다. 아무리 사소한 아르바이트라 하더라도 적응하고 배우려는 내 노력과 의지가 필요했다. 하물며 해외에 나와 영어로 대화를 하며 아르바이트를 해서 돈을 모은다는 것이 쉬울 것이라는 생각은 하지 않았다. 세계일주를 떠나려고 돈을 모으는 것이니 최소 유럽일주를 떠날 수 있는 돈은 모아야 한다는 부담도 있었다. 하고자 하는 의지는 컸지만 낯선 일에 대한 불안한 마음과 단순히 경험으로 끝내는 것이 아니라 무언가 결과로 남겨야 한다는 의지도 있었다.

작은 마을 다윈에 도착해 숙소를 잡고 동네를 한 바퀴 돌았다. 본격적으로 일을 구하기 위해 핸드폰을 개통했고 은행계좌도 개설했다. 또한 텍스파일넘버(TFN)를 받아 호주에서 합법적으로 일할 준비를 마쳤다. 임시로 머물던 백패커스의 식당에서 식사 준비를 하고 있었는데 옆에서 신문을 보던 여자 아이가 있어 말을 걸어보니 홍콩에서 왔다고 했다. 호주에 온 지 일주일이 지났는데 나와 마찬가지로 일자리를 찾고 있다고 했다. 우리는 의기투합해 함께 이력서를 작성하며 서로 어떤 일자리를 찾고 있는지 물어보았다. 직종에 상관없이 일자리를 구하기만 하면 된다고 생각했던 나는 어떤 일이든 경험해보고 싶다며 특별히 가리지 않고 일을 구하고 있다고 말했다. 다윈은 농장이 많은 지역이기 때문에 농장에서 일해보고 싶다고 말했더니, 지금 백패커스 1층 게시판에 망고 농장에서 일할 사람을 뽑는 광고를 봤다며 빨리 가서 확인해보라고 했다. 곧바로 게시판에 가보니 정말로 망고 농장에서 선착순으로 남자 6명을 뽑고 있었다.

망고 농장에서 일을 하기 위해서는 광고에 붙어있는 번호로 전화를 해야 하는데 영어로 통화를 해야 한다는 부담이 따랐다. 하지만 선착순이기에 자리가 없어지기 전에 빨리 연락을 해야겠다는 생각이 들어서 용기 내어 전화를 걸었다. 한참 통화음이 울리다 수화기 너머로 "헬로~"하는 목소리가 들렸다. 나는 긴장된 목소리로 "아이 씨 유어 어드버타이즈먼트(I see your advertisement)"라고 말했다. 그러자 수화기 너머로 호탕하게 웃는 목소리가 들렸고 한국말로 대답이 들려왔다.

"한국 분이시죠?"

전화를 받은 사람은 호주 이민을 준비하며 농장 매니저로 일을 하고 있던 한국인 에릭 형이었다. 내 영어 발음이 너무나 한국인스러워서 대번에 한국인인 줄 알았다고 했다. 나는 무안하면서도 기쁜 마음에 농장에서 일을 하고 싶다고 말했지만 에릭 형은 아시아 사람은 망고 알레르기에 쉽게 걸리기 때문에 일을 시켜주기 어렵다고 말했다. 내가 알레르기에 걸려도 상관없다고 간곡하게 졸랐더니 한참을 고심하다 형은 결국 승낙했고 나는 망고 농장에서 내 첫 일자리를 구했다.

한 시간 후 숙소로 나를 데리러 온 형을 따라 차를 타고 약 2시간을 달렸다. 도착한 곳에는 본좌 망고(BONZA MANGOES)라는 커다란 간판이 걸려 있었다. 설마 저 본좌가 내가 생각하는 그 본좌가 맞는지 물어보니 농장 주인이 그리스 출신의 호주인인데 유술, 가라데 등 아시아 무술에 관심이 많아 농장 이름을 본좌라고 지었다고 말해주었다. 울타리 너머로 끝없이 펼쳐진 망고 나무들이 보였다. 그렇게 본좌 망고 농장에서 나의 호주 워킹홀리데이 생활이 시작됐다.

본좌 망고
농장

    본좌 망고 농장의 일은 난생 처음 접해보는 일들이었지만 너무나 이국적인 풍경과 유럽, 일본, 홍콩 등 많은 외국 친구들 덕에 일을 한다기보다는 마치 즐겁게 캠핑을 하는 느낌이었다. 게다가 우리나라에서 받았던 아르바이트 금액보다 4~5배 많은 시급을 받으니 일 할 의욕이 솟구쳤다.

    본좌 농장의 일과는 아침부터 저녁까지 하루 종일 망고를 따는 일상의 반복이었다. 일이 끝나면 전화도 터지지 않고 인터넷도 되지 않는 이곳에서 끝없이 펼쳐진 망고나무들을 바라보며 한없이 상념에 잠길 수 있었다. 세상과 단절된 곳에서 끊임없이 나에 대해 생각하고 지난날과 앞으로 거쳐야 할 여행에 관해 많은 생각을 할 수 있었다. 주말에 일이 없어 하루 종일 쉬었다. 그때는 방에 붙여둔 세계지도를 보며 여행 생각만으로 하루를 보내곤 했다.

    망고 농장에서는 오전 7시부터 오후 5시까지 점심시간과 휴식시간을 제외하고 하루 종일 망고를 땄다. 망고를 딸 때는 한 명은 망고 머신 위에 올라가 머신을 운전했고, 세 명은 망고를 땄다. 그리고 나머지

망고 머신과 친구들

한 사람은 망고 머신으로 계속 굴러 내려오는 망고를 닦았다. 다섯 명
이 계속 교대로 일을 했다.

가장 쉬운 일은 망고 머신 위에 올라가 망고 머신을 천천히 앞으로
이동시키는 일이었다. 가만히 서서 망고 머신 손잡이만 잡고 있으면 되
기 때문에 모두가 운전하는 차례가 되기를 원했다. 그 다음으로는 망

고 머신 옆으로 돌아다니며 쉬지 않고 망고를 따는 일이 쉬웠다. 하루 종일 하늘을 쳐다보며 망고를 따는 일은 힘들었지만 운동이라고 생각하면 즐거웠다. 망고를 닦는 일은 모두가 기피했다. 망고를 딸 때 꼭지에서 수액이 나오는데 수액이 많이 독해서 손에 묻으면 망고 알레르기에 걸릴 수 있기 때문이다.

망고 농장에서 일하는 사람들 중 많은 사람들이 망고 알레르기에 걸렸다. 농장에서 함께 일했던 친구들 40명 중 약 30명 정도가 알레르기에 걸렸다. 그 중 알레르기에 심하게 걸렸던 프랑스 친구는 얼굴이 너무 심하게 부어올라 일을 그만두고 치료를 받기 위해 떠나기도 했다. 나도 망고 알레르기에 걸렸지만 상태가 그리 심각하지 않았다. 농장에서 무료로 나눠주는 약을 먹으며 망고 시즌이 끝날 때까지 버틸 수 있었다.

농장에서는 일주일에 한번 농장 매니저 차를 타고 2시간 거리에 떨어져 있는 마트에 장을 보러 가서 일주일 동안 먹을 음식들을 잔뜩 장만해 왔다. 마트에 장을 보러 갈 때는 유일하게 급여를 확인할 수 있는 날이었는데 마트 옆의 ATM기에서 급여가 통장에 잘 들어왔는지 확인해볼 수 있었다. 한국에서 아르바이트를 할 때보다 5배 가량 많은 돈이 입금되는 것을 보면서 세계일주 여행 경비 마련에 대한 의지를 불태웠다.

호주에 와서 돈을 많이 벌어 대박을 터뜨렸다는 몇몇 워홀러들의 이야기처럼 나 역시 초반에 돈에 대한 욕심이 흘러넘쳤다. 호주에서 두 달 정도 일했을 뿐인데 이미 내 통장에는 유럽을 한 바퀴 크게 돌 수 있는 목돈이 생겼다.

호주 워킹홀리데이
이벤트 회사

이벤트 회사 TES
일하는 중

　호주에 처음 도착한 지 3일 만에 운이 좋게도 망고 농장 일을 구할 수 있었지만 2개월의 망고 시즌이 끝난 후 다윈 시내로 돌아와 다시 일을 구해야만 했다.

　크리스마스를 전후로 우기에 접어드는 다윈 시내는 관광객의 발길이 끊겼다. 관광업이 주 수입원인 다윈이 비수기가 되자 레스토랑 및 기념품점 등 여러 상점들도 영업을 멈추고 문을 닫는 경우도 생겼다. 그래도 영어로 이력서를 만들어 길거리를 돌아다니며 보이는 레스토랑과 호텔마다 이력서를 뿌리고 다니기 시작했다. 이미 망고 농장에서 2개월 동안 모은 돈으로 여유 있게 생활 할 수 있었지만 빨리 돈을 모아 다시 세계일주를 떠나야 한다는 생각에 여유 부릴 틈이 없었다.

바쁘게 이력서를 뿌리고 다녔지만 일주일이 지나도 아무 곳에서도 연락이 없었다. 일정 금액의 수수료를 내고 일자리를 알선해주는 잡에 이전시에 등록하기도 했으나, 역시나 비수기에 접어든 다윈에서 일자리를 구하는 것은 결코 쉽지 않았다. 그러던 어느 날 드디어 핸드폰으로 연락이 왔다. 전화를 받아보니 수화기 너머로 이력서를 보고 전화를 걸었다고 말을 하고 있었다. 그 후에는 도무지 무슨 말을 하고 있는지 이해하기 어려워 "pardon?(뭐라고요)"이라고 몇 번을 반복하여 대답하였더니 나중에 다시 연락을 주겠다며 전화를 끊어버렸다.

그토록 기다리던 전화였건만 막상 이력서를 보고 연락을 해와도 영어 실력이 좋지 못한 내가 대화를 한다는 것은 쉽지 않았다. 힘들게 찾아온 기회를 날려버리니 침울해지기 시작했다. 이런 방식으로는 일을 구하기 힘들 것 같아 이력서를 돌려 일을 구하기보다는 처음 망고 농장 일을 구했을 때처럼 광고 문구를 찾아보기로 했다.

다윈 시내에 있는 많은 백팩커스를 돌아다니며 구인 광고를 찾아봤다. 우연히 이벤트 회사에서 직원을 뽑는다는 문구를 발견했다. 전화번호와 주소가 나와 있었지만 전화를 하게 되면 또다시 의사소통에 문제가 되어 기회를 놓칠 수도 있었다. 전화보다는 얼굴을 맞대고 대화를 하는 것이 수월할 것 같아 구인 광고에 적혀있는 주소로 직접 찾아가기로 결심했다. 주소를 따라 도착한 사무실에 들어가 광고를 보고 찾아왔다고 말하니, 사장이 나를 방으로 불러 업무에 대해 소개해줬다. 이어 국제운전면허증은 있는지, 일이 힘든데 할 수 있겠냐고 물어 나는 "당연하다"고 대답을 했고, 곧바로 다음날부터 출근할 수 있었다. 돌이켜보면 이벤트 회사에 취직한 것은 정말 행운이었다. 많은 외국인 친구들과 하루하루 즐겁게 일을 할 수 있었고, 호주에서의 기업문화를 간접적으로나마 느낄 수 있는 좋은 경험이었기 때문이다.

내가 일을 했던 이벤트 회사는 TES(TOTAL EVENT SERVICE)였다. 다윈 시내 곳곳에서 결혼식, 문화 행사 등의 이벤트가 열리면 천막과 음향 장비를 설치해주는 회사였다. 아침에 회사에 집결하면 트럭에 짐을 싣고 행사장으로 이동해 천막을 설치하거나 무대를 만들었다. 행사가 열리기 전 일주일에서 보름 정도 행사 준비를 하고 행사가 끝나면 장비를 철거했다. 행사가 없을 때는 창고 정리를 하며 대기하는 시간이 많아 크게 힘들지 않았다. 반대로 행사를 준비할 시간이 촉박할 때면 추가 잔업 및 주말 근무를 하는 경우가 많았는데 주말 및 야근은 1.5배 근무 수당을 철저하게 지키는 분위기였기 때문에 단기간 여행 경비를 모으기 좋았다.

함께 일했던 사람들은 호주인 정직원 7명과 나와 같이 워킹홀리데이로 온 외국인 아르바이트생 7명, 총 14명이었다. 망고 농장에서처럼 외국에서 온 친구들뿐 아니라 호주인들과도 어울려 지낼 수 있어 그들의 집에 초대를 받아 갈 때도 있었다. 그럴 때면 호주인들의 여유있는 가정 생활을 엿볼 수 있었다. 하루는 작업반장 다니엘에게 사람을 구한다는 공고를 보고 일을 하고 싶다며 문자가 왔다고 했다. 당연히 남자일 것이라 생각하고 일하러 오라고 하였는데, 막상 일을 하러 온 사람은 나쌰라는 독일 여자 아이였다. 행사장 일을 하다 보면 무거운 짐을 나르는 경우도 있어 여자아이를 그냥 돌려보낼 줄 알았는데 다니엘은 여자도 상관없다며 함께 일을 하기로 하였다. 나쌰는 우리와 함께 일하면서 똑같이 일을 하였다. 누구든 여자라고 봐줄법한 일에도 열외 없이 함께 일을 하였다.

5개월 동안 이벤트 회사에서 일을 하며 많은 외국인 아르바이트생이 새로 들어오고 나갔다. 매일매일 출퇴근하며 반복되는 생활은 여행 전 경비를 모으기 위해 아르바이트를 하던 생활과 비슷하고 단조로웠지만, 외국에 와 있다는 것과 다양한 나라의 비슷한 또래의 친구들과 함께 일을 하며 지내는 하루하루는 즐거움의 연속이었다.

9개월간
1,800만 원

어른들이 성격이 좋거나 서글서글한 아이를 보면 "이 녀석은 어딜 가도 밥 굶지 않고 다니겠다"는 말을 하곤 했다. 물론 나는 아니었다. 나는 그런 붙임성 좋고 서글서글한 사람은 아니었다. 그런 내가 아는 사람이 한 명도 없는 호주에 입국 후 도시에 홀로 남겨졌다. 태양 빛이 내리쬐는 한가로워 보이는 도시의 풍경이 너무나 낯설었지만 자리를 잡고 하루 이틀 지내다보니 도시 곳곳에 친구들이 생겼다. 그리고 그 친구들과 함께 추억하는 곳들이 생겼고 마을 구석구석 내가 모르는 곳이 없을 정도로 다윈 시내 지리에 익숙해졌다.

다윈에서 생활하며 '새로운 장소에 자리를 잡고 하나하나 익숙해져 간다는 것이 이런 것이구나' 하는 생각이 들었다. 큰 도시였다면 그런 느낌을 받기 힘들었을까? 곳곳에 생긴 친구들 덕분에 일이 끝난 후 친구들과 다윈 바닷가를 산책하는 것은 하루의 너무 즐거운 일과였다.

일을 하며 하루하루 쌓이는 여행 경비 통장의 잔고에 세계일주에 대한 자신감을 얻었다. 방 벽에는 세계지도를 붙여놓고 틈만 나면 지도를 보면서 호주 워킹홀리데이를 끝낸 후 어떤 대륙을 어떻게 여행할지 계획을 세우며 즐거운 상상의 나래를 펼쳤다. 돈을 좀더 모을수록 내가 여행할 수 있는 나라, 대륙이 하나씩 더 늘어난다는 생각에 일을 하는 게 즐거웠다.

결과적으로 내가 망고 농장과 이벤트 회사에서 8개월 동안 번 돈은 약 1,800만 원이었다. 이 돈으로 세계일주를 떠날 경우 대략 중동, 유럽, 남미, 일본 여행을 마치고 우리나라로 입국할 수 있을 것이라 생각했다. 자세히 계획을 세운 것은 아니었지만 꾸준히 생각했던 내 마음속의 계획은 결국 현실이 되었다. 간절하게 원하는 마음과 꾸준하게 실천했던 행동이 현실로 만들어준 것이었다.

호주에서의 생활은 큰 설렘과 두려움으로 시작했다. 처음 호주에 도착했을 때는 과연 내가 호주에서 돈을 벌 수 있을까? 그저 이곳에서 생활하는 것만으로도 힘들지 않을까? 끊임없이 의문을 쏟아내며 만약 내가 여행 경비를 충분히 모아 목표를 이룬다면 어떤 여행을 다니게 될지 여행지에서 나의 모습을 상상했다. 그렇게 두려운 마음에 시작되었던 호주 생활이 8개월이 지났고 목표했던 여행 경비를 모았다.

얼마 뒤 나는 다윈을 떠나 호주 대표 관광지인 에어즈락(울루루)과 시드니를 둘러본 후 호주를 떠나 이집트로 향했다.

에어즈락 울루루

Part 5.

세계일주 #02

호의의
진심

이집트로 가는 항공편이 쿠웨이트를 경유했는데 하늘에서 창밖으로
내려다 본 쿠웨이트의 모습은 온통 회색이었다. 마치 인류가 멸망한 것
처럼 황량해 보였다. 유난히 더 돋보이는 도시의 도로 위로는 흰색 혹
은 검정색의 무채색 차들이 적막하게 달리고 있었다.

공항에서 비행기를 갈아타기 위해 대기하던 중 잠깐 밖으로 나와 쿠
웨이트의 공기를 맡아보니 건조한 느낌이 확 들어 내가 중동에 왔다는
것을 느낄 수 있었다. 환승 후 새로운 여행의 시작점인 이집트로 향하며
창밖을 내려다보니 홍해를 지나 시나이 반도로 이어지는 황량한 풍경
이 눈에 들어왔다. 세계지도를 볼 때마다 매번 가보고 싶었던 곳이 곧
눈앞에 펼쳐진다고 생각하니 무척 설렜다.

카이로 국제공항에 도착해 버스를 타고 카이로 시내로 가는 도중 많
은 사람들이 접근을 해왔다. 자신의 택시를 타고 가라며 접근해 온 택시
기사도 있었고 한참 대화를 나누며 친근하게 대하더니 결국에는 자신
의 가게에서 기념품을 구입하라고 요구하기도 했다. 그리고 호텔을 찾
기 위해 길을 헤매던 내게 호텔을 찾아줄 테니 밥을 사달라고 하던 거
지도 있었다. 그렇게 귀찮게 접근하는 사람들을 따돌리고 숙소에 도착
했다. 반나절이었지만 나를 귀찮게구는 사람들로 인해 온몸이 녹초가

되어 버려 쓰러져 잠이 들었다.

숙소 도미토리에서는 독일 친구 바스찬을 만날 수 있었다. 이집트 여행이 막바지여서 이틀 후에 독일로 돌아가는 친구였다. 낮에 피라미드를 구경하러 갔다가 입장 시간이 지난 후에 도착해 어쩔 수 없이 이튿날 다시 피라미드에 가야 한다고 했다. 나와 함께 피라미드 구경을 가지 않겠냐고 해서 다음날 함께 피라미드로 향했다.

지하철을 타고 기자 지구에서 내려 피라미드로 향하는 버스를 타기 위해 버스를 기다리는데 역시나 많은 택시 기사들이 접근하여 피라미드로 가는 버스는 없다면서 택시를 타라고 했다. 이미 어제 버스를 타고 피라미드까지 다녀왔던 바스찬은 헛웃음을 지으며 거절했고 우리는 버스를 타고 피라미드에 다녀올 수 있었다.

피라미드 구경을 끝내고 돌아오던 중 카이로 시내를 구경했다. 승리자의 성으로 불리는 카이로 시타델(Cairo Citadel)에 가서 카이로 시내 야경을 감상하기도 하고 이집트의 만물상으로 불리는 칸엘카릴리 시장(Khan el-Khalili Market)에서 이색적인 물건들도 구경하고, 이름 모를 사원의 높은 곳에 올라가 시장 전경을 바라보기도 했다.

다음날 독일로 돌아가는 일정이었던 바스찬은 이집트 여행의 기념품으로 가죽가방을 사고 싶어 했다. 그래서 함께 시장 곳곳을 돌아다니며 마음에 드는 물건을 찾아보았다. 그러던 중 사원에서 만났던 이집트인 아저씨가 "자신의 친구가 가죽으로 만든 가방을 판매한다"며 길 안내를 해주었다. 우리들을 형제라고 부르며 싱글벙글 웃으며 안내를 해주었는데 저녁 늦은 시각이어서 가방 가게 문은 닫혀 있었지만 아저씨는 친구를 전화로 부른 후 문을 열어 가방을 둘러볼 수 있게 해주었다. 하지만 그곳에는 바스찬이 원하던 가방이 없었다. 감사의 인사를 전하고 떠나려는 우리들에게 아저씨는 돌연 굳은 표정으로 안내해준 비용을 달라고 했다. 우리는 거절했고 분위기는 험악해지기 시작했다.

180도 바뀐 표정과 말투, 행동에 나와 바스찬은 당황했고 돈을 요구하는 아저씨를 끝까지 뿌리치고 간신히 숙소로 돌아올 수 있었다. 그는 우리를 형제라고 불렀지만 결국 제1세계에서 온 돈 덩어리로만 보고 있었던 것이다. 이집트를 여행하며 이런 경우가 계속 발생하다 보니 이국적인 풍경에 감탄하면서도 사람을 상대하는 일로 많은 스트레스를 받게 되었다.

여행을 다니다 보면 여행지에서 갑자기 접근해 오는 사람들을 경계하고 조심해야 한다고 느낄 때가 있다. 때론 친근한 척 다가와서 물건을 강매하거나 사기를 치려는 경우를 종종 경험했기 때문이다. 그래서 여행지에서 접근해오는 사람들은 일단 경계의 시선으로 바라보는 습관 아닌 습관이 생겼고, 뒤늦게 그 사람의 호의가 진심이었다는 것을 알게 되면 미안한 마음이 들었다.

각자의
여행 방법

"예스, 땡큐, 버스, 트레인"

이집트에서 배를 타고 홍해를 건너 요르단으로 넘어가기 위해 누웨이바 항에서 배 출발 시간을 기다리고 있었다. 하지만 출발 시간이 지연되어 언제 출발할지도 모르는 채로 대기해야 했다. 아무리 기다려도 선사 측에서는 승객들에게 배가 늦어지는 이유에 대해 설명을 해주지 않았다. 출발이든 설명이든 이 사태가 해결되기를 기다리고 있는데 동아시아 사람으로 보이는 할아버지가 한 분 계셨다. 그분은 나를 보더니 반갑게 뛰어와 나에게 말을 걸어 오셨다. 한국인 할아버지였는데 내가 한국인임을 알게 된 할아버지는 이 답답한 상황이 어떻게 되고 있는 거냐고 물어보셨다. 선사 측에서 설명을 잘 해주지 않아 무슨 상황인지 나도 잘 모르겠다고 말하며 할아버지와 대화를 나눠보니 할아버지는 혼자 여행 중이셨다. 나이도 많아 보였고 영어도 전혀 할 줄 몰라 보였기 때문에 절대로 혼자서 여행을 다니지는 못할 거라 생각했는데 의외로 혼자서 여행을 다니고 계셨다. 그 할아버지는 예순다섯 살이셨고 중동부터 동유럽까지 홀로 장기 여행을 다니고 계셨다.

이 할아버지의 여행 계획을 들어보니 이집트에서 시작해 동유럽까지 대략 4개월 일정의 여행을 계획하고 계셨다. 할 줄 아는 영어라고는 '예스, 땡큐, 버스, 트레인' 밖에 없었지만 당당히 혼자 여행을 하고 계셨다. 카이로에서 여기까지는 어떻게 오셨냐고 여쭤보니 여행 중 만난 일본 여행객들과 일행이 되어 그들을 쫓아다니면서 여행을 했다는 것이다.

할아버지가 참으로 대단했던 것은 여행을 정말 좋아하셔서 지난 5년 간 중국, 인도, 네팔, 파키스탄, 동남아시아, 일본 등 여러나라를 배낭여행으로 다니셨다고 한다. 앞으로도 몸 건강할 때 즐겁게 여행을 하려면 일흔 살까지밖에 못 다닐 테니 지금 부지런히 다녀야 한다고 하셨다.

처음 여행을 다닐 땐 한국에서 친구와 함께 다녔는데 친구들과 다니다보니 사이가 소원해져서 이제는 혼자서 여행을 다닌다고 하셨다. 여행은 혼자 다니는 것이 더 좋다는 것을 여행 중 자연스럽게 깨달으신 것 같다.

여행을 다니다보면 여행지에서 입에 맞지 않는 음식을 먹을 때도 있고 햄버거나 피자를 먹는 등 어르신들의 취향에 맞지 않는 음식을 먹을 수도 있는데 자신과 비슷한 나이의 친구들과 배낭여행을 오면 음식 때문에 너무 힘들어 한다고 하셨다. 그래서 그 친구들에게는 패키지 여행을 다니라고 하고는 자기는 혼자 배낭여행을 다니기 시작했다고 하셨다.

할아버지는 지금 여행 중 만난 일본인 여행객들과 함께 여행을 다니고 있었지만 그 일본인 여행자들과 말이 통하지 않아 많이 불편했나 보다. 그러다 한국인을 찾기 힘들었던 이집트의 북동쪽 홍해에서 나를 만났으니 얼마나 반가우셨을까. 할아버지는 일본인 친구들과 작별인사를 하고 나를 쫓아다니기 시작하셨다.

할아버지의 주장은 이랬다.

"찬영아, 어차피 너 배를 타고 요르단에 도착하면 거기서 버스를 타고 와디무사로 갈 거 아니냐? 나도 거기로 갈 건데 버스표 살 때 그냥 내 거 하나 더 사줘, 버스비는 내가 줄게, 그리고 와디무사에 도착하면 어차피 숙소 찾아서 묵을 거 아니냐? 그때 내 방도 하나 잡아줘, 돈은 내가 줄게!"

황당한 논리이기도 하고 귀찮다는 생각이 들기는 했지만 내가 없으면 이 막막한 요르단 여행길에 할아버지가 어떻게 될지도 모르는데 나 몰라라 거절할 수 없었다. 그렇게 할아버지는 나를 쫓아오셨고 우리는 함께 이집트 누웨이바항에서부터 요르단, 시리아를 거쳐 터키의 카파도키아까지 함께 여행하였다.

할아버지와 함께 여행하며 많은 이야기를 들었다. 할아버지는 평생 공무원이셨다. 은퇴한 후 처음으로 여행의 맛을 들여 세계 여행을 시작하셨다. 물론 한 번에 전 세계를 도는 것은 아니고 대륙별로 몇 개월에 걸쳐서.

할아버지가 해주셨던 말 중에서 기억에 남는 말이 있다. 자신이 어렸을 적에는 아르바이트를 해서 모은 돈으로 해외여행을 떠난다는 것은 정말 상상도 못할 일이었다고 한다. 그런데 이렇게 시간이 흘러 우리나라의 국력이 커지고 젊은 학생들이 아르바이트로 돈을 모아 전 세계를 돌아다니는 것을 보니 우리나라의 미래가 너무 밝다고 말을 해주었다.

우리는 여행을 떠나려면 기본적으로 영어도 어느 정도 해야 하고 여행 정보도 어느 정도 얻어서 다녀야 한다고 생각한다. 할아버지에게 해외 배낭여행은 우리가 생각하는 것 이상으로 큰 도전이었다. 말이 통하지 않는 여행지에서 철저하게 다른 여행객들에게 의지하여 자신만의 여행 스타일을 구축해서 여행을 다니고 있었던 것이다. 할아버지는 황량한 이집트 홍해의 누웨이바 항구에서 나를 발견하고 얼마나 뛸 듯이 기뻐했을까?

할아버지께서는 여행 중 생기는 문제들을 최소화하기 위해 여행 경비는 모두 달러, 현금으로 들고 다니셨다. 4개월 일정의 경비를 모두 현금으로 들고 다녔으니 얼마를 들고 다녔을지 모르겠지만 상당히 큰 금액이었을 것이다. 카드로 ATM을 사용할 때 문제가 생기면 영어가 통하지 않으니 해결할 수 없어 아예 ATM을 사용하지 않고 현금으로 들고 다닌다고 하였다.

비행기를 타거나 내릴 때 짐을 맡기거나 찾으면서 문제가 생기면 영어로 대화를 해서 해결할 수 없으니 아예 짐이 없이 여행을 다니셨다. 옷이라고는 지금 입고 있는 티셔츠와 바지가 전부이고 가방에는 동유럽 가이드북 책 한 권, 수건 하나만 넣고 밀짚모자를 쓰고 다니셨다. 기내에 가지고 들어갈 수 있는 작은 가방만으로 여행을 다닌 것이다. 일반적인 기준으로는 늦은 나이에 영어도 안 통하는 상황에서 배낭여행을 다니며 자신의 스타일에 맞게 규칙을 정하고 여행을 다니는 것이다.

시리아의 수도 다마스쿠스 시내 구경을 다니다 할아버지와 서로 떨어져 길을 잃은 적이 있었다. 골목길을 돌아다니다 할아버지가 어디론가 사라져서 한참을 찾아 다녔다. 그렇게 할아버지를 찾아 헤매다 숙소로 돌아오니 할아버지는 이미 숙소에 돌아와 계셨다. 내가 한참을 찾아 다녔다고 말하니 할아버지는 웃으시며 길을 잃었으면 그냥 서로 각자 여행하다 숙소로 돌아오면 되는데 뭣 하러 자신을 찾아다녔냐고 말씀하셨다. 웃으며 말씀하시는 할아버지의 말에 내가 괜히 혼자 보호자가 된 것처럼 행동한 것은 아닌가 싶었다. 나이와 국적을 떠나 우리는 자신만의 여행을 다니고 있는 여행자였는데 말이다.

시리아를 떠나 터키로 가려는데 할아버지는 시리아 북쪽의 어느 수도원에 간다고 하시면서 나보고 자신과 함께 수도원에 가보지 않겠냐고 기대하며 물어보셨다. 하지만 내가 터키로 떠난다고 하자 할아버지는 망설임 없이 수도원을 포기하고 나를 쫓아 터키로 가겠다고 하셨다. 한국인이 아무도 없는 중동의 시리아에서 나를 떠나보내면 언제 또다시 한국인 여행자를 만날 수 있을지 걱정이 되셨나 보다. 할아버지는 자신의 계획에 맞춰 여행을 다니기보다는 지금 만나서 함께 여행을 다니고 있는 한국인 여행자의 일정에 자신의 일정을 최대한 맞춰 여행을 다니고 있었다. 그것이 이 할아버지의 생존 여행인 것이다.

자꾸 쫓아오는 할아버지에게 나중에는 짜증이 난 것도 사실이었다. 터키로 떠나던 날 우체국에 갈 일이 있어 우체국에 들리는데 우체국에 볼 일이 없는 할아버지도 나를 쫓아 오셨다. 나보고 편히 일을 보라고 하셨다. 환갑을 넘은 할아버지가 나를 쫓아다니며 기다리고 있으니 부담이 이만저만이 아니었다.

터키 카파도키아

　시리아에서 터키로 국경을 넘은 후 카파도키아로 이동하기 위해 버스정류장에 갔는데 카파도키아로 가는 버스가 없었다. 터미널의 모든 버스 회사가 문을 닫고 있었다. 카파도키아로 가는 버스는 없고 경유해서 가는 버스도 내일 오전 10시에나 있다고 하였다. 어쩔 수 없이 버스터미널에서 노숙을 해야 했다. 나와 함께 터미널에서 노숙을 해야 할 할아버지를 생각하니 걱정이 되어 바라보니 할아버지는 이미 자리를 잡고 누워 계셨다.

　우리는 택시 3번, 버스 7번을 갈아타고 카파도키아 도착하였다. 할아버지의 애초 계획은 동유럽 여행을 떠나는 것이었기 때문에 터키 카파도키아 다음 일정은 불가리아라고 하셨다. 나는 서유럽으로 향하기 위해 그리스로 가야 했기에 우리는 카파도키아를 끝으로 헤어지기로 하였다. 할아버지는 카파도키아에 도착하면 한국 게스트하우스가 많이 있기 때문에 새로운 한국인 동행을 구하러 그곳에 가겠다고 하셨다. 그렇게 카파도키아에 도착 후 할아버지는 나를 쳐다보고 이런 말씀을 하셨다.

"콜럼버스가 신대륙을 발견하기는 했지만, 그 이전에 신대륙은 이미 그곳에 존재했다. 내 올해 나이가 예순 다섯인데, 예순 다섯 먹은 모든 사람들이 이렇게 배낭여행을 할 수 있다면, 난 안 한다. 모든 사람들이 할 수 없으니까 난 도전해서 하는 거야! 영어도 못하는 내가 이렇게 다니는 것이 모두 다 탐험이지!"

할아버지는 유유히 손을 흔들며 다른 한국인을 찾으러 카파도키아의 한국인 게스트하우스로 향하셨다. 그것이 내가 본 할아버지의 마지막 모습이었다.

우리는 여행을 떠나기도 전에 걱정부터 하지만 누가 봐도 무모한 것 같은 이 할아버지의 여행은 내가 생각하고 있는 여행의 틀을 다 깼다. 이 세상에는 참으로 다양한 여행자가 있고, 여행의 종류도 참으로 많다.

무료 숙박?
카우치서핑

카우치서핑은 기본적으로 집에 남는
소파를 지나가는 여행객에게 부담없이 잠자리로
제공해 준다는 취지이다.

세계일주 중 만난 여행자들 중에는 대학교 4학년에 재학 중인 한국인 동생 지원이가 있었다. 대학교 4학년 1학기에 이미 취업에 성공해 2학기 시험을 완전히 포기한 후 회사 입사일 전까지 4개월 일정으로 세계일주를 다니고 있었다. 당시 나는 학교를 졸업하지 않은 상태여서 여행을 마치면 돌아가서 무엇을 할까 생각이 많았지만 지원이는 이미 취업이라는 짧은 미래가 결정되어 홀가분한 마음으로 여행을 다니고 있었다.

지원이에게 어떻게 여행 경비를 모았냐고 질문하자 부모님께 빌려 여행을 떠나 왔다고 했다. 취업이 결정되었으니 학교를 졸업하면 계속 회사를 다니며 일만 해야 하는데 그 전에 4개월이라는 시간이 생긴 것만으로도 정말 큰 기회였던 것이다. 그러니 무리를 해서라도 부모님께 돈을 빌려 여행을 떠나 온 것이다. 그리고 부모님께 빌린 돈은 여행을 마친 후 회사에 다니며 갚기로 했다고 한다.

지원이는 세계일주 항공권을 구입해 4개월 일정으로 지구를 한 바퀴 돌고 있었다. 그야말로 전 세계 주요 도시를 빠르게 여행을 하는 것이지만 전 세계에는 너무나 많은 나라 너무나 많은 도시가 있다. 4개월 여행을 하건 2년 동안 여행을 하건 그 모든 곳에 가보지 못하는 것은 피차 마찬가지다. 단지 몇 개의 나라 몇 개의 도시를 더 가보냐 못가보냐의 문제다. 지원이처럼 그렇게 여행을 떠나올 수 있는 확실한 기회가 생긴 것은 너무나 부럽고 대단한 일이다.

이집트 카이로에서 만났던 지원이를 터키 카파도키아에서 다시 만났다. 내가 할아버지를 모시고 힘들게 요르단, 시리아를 거쳐 터키의 카파도키아까지 오는 동안 지원이는 세계일주 항공권으로 비행기를 타고 터키로 넘어와 여행을 즐기고 있었다.

터키를 여행하던 중 지원이가 카우치서핑(Couch Surfing)을 해보지 않겠냐고 제안해 왔다. 카우치서핑은 자신의 집의 쇼파를 여행자에게 잠자리로 빌려준다는 뜻으로 문화 교류의 목적으로 현지인으로부터 무료 숙박을 제공받는 커뮤니티를 말한다. 그 동안 카우치서핑이라는 말은 많이 들어봤지만 정말로 무료로 숙박을 제공받을 수 있을까? 의구심이 들기도 하였다. 게다가 전 세계 곳곳에 펜팔 친구를 만나러 다니는 상황에서 카우치서핑이라는 커뮤니티에 크게 관심을 갖고 있지는 않았다. 그저 언젠가 기회가 되면 한번 시도해볼까 생각 중이었는데 마침 지원이가 카우치서핑 사이트에서 누군가로부터 자신의 집으로 오지 않겠냐는 초대를 받았다. 지원이 역시 처음 해보는 카우치서핑이었기에 여자 혼자서 모르는 사람의 집에 초대 받아 간다는 것이 불안했지만 카우치서핑을 해보고 싶은 생각에 고민하고 있었다. 혼자였다면 시도해보지 않았을 텐데, 내가 함께 여행을 다니고 있으니 같이 가보자고 한 것이다. 그렇게 우리는 함께 다음 목적지였던 터키 셀축에 있는 35살 메흐멧이라는 남자의 집으로 향했다.

터키 셀축 버스정류장에서 5분 거리에 살고 있다는 메흐멧 아저씨는 셀축의 에페소스 박물관(Ephesos Museum) 바로 뒤에 자신이 운영하는 레스토랑과 기념품점이 있으니 그곳으로 오면 자신을 만날 수 있다고 했다. 우리는 지도를 보며 그가 운영한다는 메흐멧&알리바바(Mehmet&Alibaba)를 찾아갔다. 그곳에 도착하니 사진으로 보아온 메흐멧 아저씨가 우리를 반갑게 맞이해 주었다. 그런데 메흐멧 아저씨는 미안한 표정을 지으며 지금 집에 폴란드인 친구가 와서 잠자리가 많이 좁을 것이라고 했다. 실수로 카우치서핑 친구를 이중으로 초대했던 것이다. 그러면서 자기 친구가 운영하는 호텔이 있는데, 그곳에서 지내는 것이 좀 더 편할 거라고 말했다. 카우치서핑으로 무료 숙박이 가능할지 의심하며 찾아갔는데 그 말을 들으니 이런 방식으로 호텔에 손님 끌어들이는구나 의심이 들었다. 하지만 아저씨가 말한 호텔은 아저씨 가게 옆에서 친구가 운영 중인 호텔이었는데, 미안한 표정을 지으며 무료에 가까운 비용으로 방을 주겠다고 했다. 잠시나마 의심을 하고 날선 표정으로 노려보았던 것이 무안해졌다.

아저씨는 자신들의 가족을 소개시켜 주었고, 식당에서 먹은 밥값을 한사코 받지 않겠다고 하였다. 메흐멧 아저씨는 그동안 이렇게 카우치서핑으로 전 세계의 많은 친구들을 만날 수 있었다고 했다. 손님으로 온 여행자들은 대부분 좋은 사람들이었지만, 때로는 자신에게 가이드까지 해줘야 하는 것처럼 거만하게 행동한 프랑스인도 있었고 카메라를 빌려줬더니 다음날 들고 사라져버린 미국인도 있었다며 카우치서핑 호스트로 지내며 만났던 많은 사람들에 대해 이야기를 해줬다. 몇몇 안 좋은 일들이 있었음에도 카우치서핑 호스트를 계속 하는 이유는 다양한 나라의 친구들을 사귈 수 있다는 큰 매력 때문이라고 했다.

이스탄불을 끝으로 지원이와 헤어지고 터키를 떠나 그리스와 이탈리아를 여행하는 동안 카우치서핑을 다시 해보고 싶어 몇몇 호스트들에게 카우치 요청을 보냈다. 하지만 너무 촉박하게 보낸 탓인지 이미 그 여행지를 지난 후에야 호스트들에게 연락이 오거나 경우에 따라 내가 연락한 의도가 잠만 재워달라는 것 같다며 거절하는 사람도 있었다.

이 과정에서 나는 카우치서핑에 대해 잘못 생각하고 있다는 걸 깨달았다. 새로운 사람을 사귀고 문화 교류의 목적이 되어야 하는데 너무 무료 숙박만을 바라며 연락을 했던 것 같았다. 그래서 다음 여행지였던 베네치아의 호스트들에게 내 여행에 대해 자세히 설명을 해주고 미리 시간을 갖고 정중하게 연락을 해 보았다.

시간을 두고 연락을 해서인지 카우치서핑 호스트를 처음 해본다는 파비오에게서 자신의 집에 와도 된다는 연락을 받을 수 있었다. 15번의 카우치서핑 요청 끝에 드디어 받게 된 승낙이라 기분이 좋았다. 하지만 파비오의 집을 찾아가는데 문제가 생겼다. 그의 집은 내가 방

이탈리아 몬트레알레의 산

그래서 이제 뭐 하지?
무료 숙박? 카우치서핑

문하려던 베네치아에서 기차로 2시간 걸리는 시골 마을 몬트레알레 (Montereale)에 있었다. 그는 낮 시간에는 유리 공장에서 일을 하고 오후 늦게 집에 온다고 하였다. 나는 어차피 베네치아 구경도 해야 했기 때문에 낮에는 베네치아를 돌아본 후 오후 늦게 몬트레알레로 가겠다고 했더니 자신의 집으로 오는 기차 시간표와 가격 등을 친절히 알려줬다. 그런데 몬트레알레로 가려면 기차를 한 번 갈아타야 하는데, 하필 기차 시간이 지연되어서 다음 역에서 타야 하는 막차를 놓쳐 버렸다. 시골이어서 막차가 너무 일찍 끊긴다는 사실을 뒤늦게 알고 엄청 당황했다.

인적이 드문 시골 마을, 지나다니는 사람조차 몇 명 없는 마을을 한 바퀴 돌아보니 와이파이가 되는 햄버거 가게가 한 곳 있었다. 햄버거를 먹으며 파비오에게 기차를 놓쳐 오늘 집에 갈 수 없으니 오늘은 이곳 호텔에서 묵고 내일 찾아가겠다고 메시지를 보냈다. 아무런 답변이 없어서 햄버거 가게를 나와 호텔을 찾아 다녔다. 마을을 한 바퀴 돌았다. 호텔은 한 곳 밖에 없었고 그나마도 문을 닫고 불이 꺼져 있어 영업을 하지 않았다. 좀더 마을을 돌아다니며 호텔을 찾다 결국 포기하고 역에서 노숙을 해야겠다 생각하고 역으로 돌아왔다. 너무 추워서 몸을 녹이려고 역으로 돌아오며 햄버거 가게에 다시 들렀다. 햄버거 가게 주인에게 몇 시에 문을 닫는지 물어보니 곧 문을 닫을 시간이라고 하였다. 대신 조금 떨어진 곳에 호텔이 있으니 그곳에 데려다 주겠다고 해서 안심하며 가게 문 닫을 시간을 기다리고 있었다. 그때 파비오에게 메시지가 왔다. 이제 퇴근해서 집에 도착했는데 내 메시지를 지금 봤다면서 나를 데리러 오겠다고 했다.

파비오는 차를 몰고 1시간이나 되는 거리를 달려왔다. 쓸쓸한 기차역 앞, 날은 이미 어두웠는데 저 멀리 승용차 한 대가 불을 밝히고 오더니 파란색 트레이닝복을 입은 아저씨가 한 명 내렸다. 그는 나를 보더니 큰 미소를 지으며 손을 흔들어 주었다. 파비오는 나를 만나러 이곳까지 와주었던 것이다. 카우치서핑을 통해 처음으로 게스트를 받아 외국인 친구를 사귀었다는 파비오는 마치 몇 십 년을 알고 지낸 친구처럼 반갑게 맞이해줬다. 그렇게 나는 이탈리아의 시골 몬트레알레에 있는 파비오의 집에서 2박3일 동안 머물며 평범한 사람들의 생활을 경험했다.

나와 지원이가 처음 터키에서 메흐멧 아저씨에게 초대받아 그의 집에 방문하기까지 그 사람이 정말 괜찮은 사람일까 고민을 했었지만 반대로 손님을 초대해준 사람의 입장에서도 우리가 어떤 사람인지 모르기는 마찬가지다. 이탈리아에서 나를 데리러 와준 파비오처럼 보통 정성이 아니고서는 이렇게 여행자를 초대해줄 수 없다는 생각이 들었다. 그래서 나도 우리나라로 돌아온 이후에 호스트가 되어 외국 친구를 집에 초대하기도 하였다. 집에서 부모님과 함께 생활하고 있었기 때문에 외국인 친구를 초대하기 위해 가족들의 허락을 받고 집에 초대를 했다. 카우치서핑은 기본적으로 집에 남는 소파를 지나가는 여행객에게 부담없이 잠자리로 제공해 준다는 취지이다. 때문에 호스트가 방문객에게 식사를 제공해주거나 함께 어울리는 것은 선택사항일 뿐 의무적인 것은 아니다. 집에 손님이 오게 되니 부모님께서는 나보다 더 친구에게 대접해주고 신경을 많이 써주셨다. 우리 정서상 외부인을 집에 들인다는 것이 쉽지 않은 일이지만 우리나라를 방문한 여행자들을 만나 무언가 베풀어주고 함께 한다는 것은 너무 즐거운 일이었다.

이탈리아 펜팔 친구
알래샤

"찬영아, 나 할 말이 있는데 물어봐도 될까?"

    내 이탈리아 펜팔 친구인 알래샤는 이탈리아 북쪽 롬바르디아 (Lom-bardia)주 멘토바(Mantova)라는 작은 마을에 살고 있었다. 나는 알래샤를 만나기 위해 맨토바로 향했다. 내가 세계일주를 떠날 때부터 나에게 언제 이탈리아에 오냐고 물어보던 친구였는데 세계일주를 출발한 지 1년이 훌쩍 넘어서야 이탈리아 맨토바에 도착했다. 이탈리아를 방문한 일반 관광객이었다면 여행지로 선택할 일이 전혀 없는 맨토바는 오후 5시에 마지막 기차가 정차하는 작은 시골마을이었다.

    알래샤의 부모님은 멘토바 지역에서 작은 호텔을 운영하고 있었다. 알래샤는 내가 멘토바에 오게 되면 부모님 호텔에서 재워주고 먹여준다며 빨리 이탈리아에 오라고 했다. 그렇게 나를 애타게 기다리던 알래샤를 만나기 위해 나는 맨토바로 향했다. 맨토바로 향하는 마지막 기차를 타고 붉은 노을이 지는 시간에 아무도 없는 맨토바 역에 도착했다.

텅 빈 플랫폼 위에 서서 주변을 둘러보니 저 멀리서 한 아이가 예쁜 웃음을 지으며 나를 바라보고 있었다. 한국인 친구를 너무나 만나보고 싶었던 알래샤는 처음으로 한국인 친구를 만났다는 기쁨과 그 한국인 친구가 자신을 만나기 위해 맨토바까지 왔다는 사실에 크게 감격했다.

우리는 맨토바 역 플랫폼에서 수줍게 만났다. 나는 알래샤에게 로마 한인마트에서 산 비락식혜 한 상자를 건네주며 맨토바역 표지가 보이는 플랫폼 한 쪽에 알래샤를 세우고 기념사진을 찍었다. 사진 촬영 후 사진을 확인하고 있는 나에게 알래샤가 물어봤다.

"사진 잘 나왔어?"

한국말을 하는 알래샤를 놀라서 바라보고 있으니 내 반응이 재미있는지 자기는 한국말을 잘한다며 나를 보고 미소지었다. 펜팔을 주고받을 때 한국어 공부를 하는 중이라고는 말했지만 한 번도 한국어로 펜팔을 주고받은 적이 없었다. 그래서 한국어로 대화가 가능할 정도로 실력이 좋을 것이라고는 생각하지 못했다.

알래샤와 석양을 바라보며 시골길을 천천히 걸어 한국어로 대화를 나누며 그녀의 집으로 향했다. 그러다 알래샤의 집에 며칠을 머무를지 미리 말을 한 적이 없었다는 것이 떠올랐다. 그래서 부모님의 호텔에 마음대로 머물러도 좋을지 물어보려고 하였다. 그런데 알래샤의 표정이 좋아 보이지 않았다. 나에게 무언가 말하려는 듯하다가 말을 하지 못했다. 혹시 외국에서 온 친구에게 호텔에 마음대로 묵게 해준 것이 문제가 된 것은 아닌가 걱정했다. 아직 고등학생이었던 알래샤가 마음대로 외국 친구를 집에 재워준다고 말했을지 모른다는 생각에서였다.

알래샤가 나에게 말했다.

"찬영아, 나 할 말이 있는데 물어봐도 될까?"

무슨 말을 할지 긴장을 하며 무엇이든 물어보라고 했다. 혹시라도 호텔에 묵을 수 없다고 한다면 어디든 숙소를 잡을 계획이었기에 친구에게 부담을 주고 싶지 않았다. 알래샤의 말을 기다리는데 알래샤의 입에서 의외의 말이 나왔다.

"엠씨몽이 정말로 군대를 안 가려고 이를 뽑았어?"

의외의 질문에 내가 놀라 잘 모르겠다고 대답하였다. 그러고는 알래샤는 쉬지 않고 한국 연예인에 대한 질문을 늘어놓기 시작했다.

사람은 누구나 자기 상황에 맞게 생각한다. 상대방은 전혀 다른 생각을 하고 있는데 나는 매일 돈을 아끼며 값싼 숙소만 예약하며 여행을 다니다보니 내 입장에 맞는 고민을 하고 있었던 것이다. 내 생각과 180도 다른 질문에 많이 황당하고 헛웃음이 나왔다. 알래샤와 한국 연예인에 대해 대화를 나누다 알래샤가 나에게 물어본 것이 있었다.

"찬영아, 너 그런데 이탈리아 노래 아는 거 있어?"

순간 고등학교 음악 수업시간에 배웠던 이탈리아 민요 '오 솔레미오

(오 나의 태양)'가 떠올랐다. 고등학교 1학년 실기평가 때문에 가사를 모두 외우고 노래를 불렀는데 아직 가사를 정확하게 기억하고 있었다. 그래서 알래샤에게 불러주니 너무나 신기해했다.

새삼 '오 솔레미오'에 즐거워하는 알래샤 앞에서, 전 세계 곳곳에서 우리 노래를 들을 수 있고, 한국 문화를 즐기는 사람들을 쉽게 만날 수 있다는 것에 자부심을 느꼈다.

알래샤가 한국 문화에 관심을 갖게 된 것은 우연히 유튜브에서 한국 드라마를 보면서부터라 했다. 한국 영화, 드라마, 쇼 프로를 다운받아 보다가 한국 문화에 관심이 생겨 한국어 공부도 하고 있다고 했다. 알래샤는 매일 인터넷으로 한국 연예 기사를 챙겨 보고 우리나라 연예계 사정을 나보다 잘 알고 있었다.

알래샤의 부모님은 나를 대환영 해주셨다. 맨토바는 문학 축제가 열릴 때 외부 손님들이 많이 오지만 지금은 비수기여서 부모님의 호텔에 손님이 없다며 나보고 머물고 싶은 만큼 머물라고 하였다. 너무 오래 머물면 실례일 것 같아서 3일을 머물겠다고 했더니 너무 짧다며 더 오래 있으라고 하였다. 그래서 5일 묵어도 되겠냐고 물었더니 그것도 짧다 해서 일주일을 머물기로 했다. 나는 이탈리아의 시골마을 맨토바에서 알래샤의 특별한 한국인 친구가 되어 일주일 동안 알래샤 가족들과 함께 지낼 수 있었다.

내 나라에 대한
자부심

여행 중 내가 한국인이라는 자부심을 크게 느끼게 해준 친구가 있다. 바로 마다가스카르 펜팔 친구였던 안드리아나나였다. 펜팔로 연락을 하던 당시 이름이 너무 길어서 짧게 '니나'라고 부르던 친구다.

니나를 프랑스 파리의 생라자르 역 앞에서 만나기로 했다. 약속 시간에 맞춰 생라자르 역 앞에 도착하니 그동안 사진으로만 보아오던 니나가 역을 바라보며 나를 기다리고 있었다. 그런 니나의 뒤로 살짝 다가가 짠 하고 놀래켜 주었다. 깜짝 놀라 뒤돌아 나를 쳐다본 니나는 크게 미소를 지었고 우리는 포옹을 하며 반갑게 인사를 나눴다.

펜팔을 할 때 해외여행을 떠나보고 싶다고 생각한 건 니나 때문이었다. 니나가 마다가스카르에서 생활하며 보내준 푸른 바다의 사진을 보고 나도 여행을 떠나서 저런 풍경을 직접 마주해보자 생각하게 됐다.

내가 펜팔 사이트에 올려놓은 프로필을 보고 니나가 메일을 보내왔다. 친구가 되고 싶다는 내용의 메일이었는데 그 친구는 마다가스카르 사람이었다. 나는 특별한 나라의 친구가 생겼다는 기쁨에 나도 친구가 되고 싶다고 답장을 보냈다. 내 답장을 받은 니나는 너무나 기뻐했다. 그동안 펜팔 사이트에서 외국 친구들을 사귀고 싶어 많은 친구들에게 메일을 보냈지만 답장을 받은 것이 처음이라며 너무나 고맙다고 했다.

펜팔을 하다 보면 아프리카 친구들에게 메일을 받는 경우가 종종 있었는데 진짜 친구가 되고 싶은 경우보다 자신이 힘든 상황에 처해있음을 설명하고 난민촌에서 생활한다며 돈을 기부해달라는 메일이 많았다. 하지만 니나는 정말로 친구를 사귀고 싶어 했다. 니나와 나는 이메일을 주고받으며 펜팔 친구가 될 수 있었다.

처음 니나와 이메일을 주고받을 때 니나는 마다가스카르의 수도 안타나나리보(Antananarivo)에서 고등학교를 다니는 학생이었고 군인 아버지와 가정주부인 어머니 그리고 여동생과 함께 살고 있는 평범한 학생이었다. 니나가 나에게 보내주는 편지를 보면 마다가스카르의 젊은 학생들이 어떻게 살고 있는지 알 수 있었다. 그리고 그 편지들은 TV 속 다큐 프로그램에서만 볼 수 있던 모습들이었다. 나는 그 모습들이 너무 신기하고 재미있었지만 언제나 니나는 한국의 모습과 너무 대조될 것이라며 충격을 받지 말라고 신신당부를 했다. 확실히 니나가 보내준 사진 속 마다가스카르 풍경의 모습은 많이 낙후되어 보였다. 니나 입장에서는 자신이 살고 있는 모습에 내가 실망할까봐 걱정됐던 모양이다. 니나와 연락을 하며 놀랐던 것은 니나가 가족들과 함께 처음으로 해외여행을 간 곳이 바로 마다가스카르 동쪽에 있는 모리셔스였다는 이야기였다. 모리셔스에는 맥도날드가 있어서 태어나서 처음으로 맥도날드 햄버거를 먹어 봤다고 말했다. 그 만큼 마다가스카르에서 니나가 보여주는 사진의 모습들은 TV 세계테마기행 프로그램에서 보아 왔을 법한 개발되지 못한 모습이었다.

니나는 자신의 나라가 너무나 가난하다며 경제학자가 되어서 자신의 나라에 큰 힘이 되고 싶다고 말했다. 그리고 프랑스로 유학을 가기 위해 대입 시험 준비를 하고 있다고 했다. 마다가스카르 대입 시험 전국 석차 4등 안에 들면 프랑스 정부에서 주는 돈으로 프랑스로 유학을 갈 수 있다고도 했다. 그 말을 듣고 나는 "니나! 너가 만약 프랑스로 유학을 오게 된다면 우리 함께 에펠탑을 구경하러 가자"라고 메일을 보내며 응원해 주었다. 나와 펜팔을 할 때 니나는 매일매일 늦은 시각까지 열심히 공부를 하다 틈이 날 때 나에게 메일을 보내주곤 하였다. 하지만 니나는 대입 시험에서 전국 석차 4등 안에 들지 못해 프랑스 유학을 올 수 없다며 실망했고 나는 그녀를 위로해주기도 하였다. 하지만 니나는 다음해 프랑스 유학에 다시 도전하기 위해 공부를 시작하였고, 니나가 한창 공부를 할 때 나는 세계일주를 떠나왔다.

니나가 정말로 프랑스에 오게 될지 몰랐지만 내가 호주에서 여행 경비를 모으고 있을때 니나는 정말로 마다가스카르 전국 석차 4등 안에 들어 국비로 프랑스로 유학을 올 수 있었다. 전혀 이루어질 수 없을 것이라 여겼던 니나와 함께 파리 에펠탑 구경은 현실이 되었다.

생라자르 역에서 우리는 처음 만났지만 전혀 어색하지 않았다. 니나와 대화를 나누며 천천히 걸어 파리의 개선문을 지나 트로카데로 광장까지 왔다. 트로카데로 광장은 에펠탑을 가장 잘 볼 수 있는 곳인데 니나가 처음 프랑스에 온 후 고향이 그리울 때면 이곳에 와서 외로움을 달랬다고 했다.

고향을 떠나와 파리에서 아르바이트를 하며 학업에 열중하고 있는 니나를 보고 있으니 내 자신이 부끄러웠다. 나 역시 내가 번 돈으로 세계일주를 떠나와 이렇게 여행을 다니고 있지만 그건 우리나라가 상대적으로 잘 살아서 이런 기회를 보다 쉽게 만들 수 있었기 때문이었다. 하지만 제3세계에 살고 있는 니나가 스스로의 노력으로 자신의 운명을 바꾸고 있는 모습을 보니 그녀의 삶에 경외감이 들었다.

트로카데로 광장과 에펠탑을 지나면 평화의 공원이 나온다. 평화의 공원에는 여러 기둥들이 서 있는데 각각의 기둥에는 세계 여러 나라 언어로 '평화'라고 적혀 있다. 기둥을 돌아다니다 보니 한글로 평화라고 적혀있는 것을 보았다. 그리고 조금 더 돌아보다 마다가스카르 언어로 평화라고 적혀 있는 기둥을 보았다. 각자 자신의 언어로 적힌 평화의 글씨를 쳐다보다 니나가 나에게 말했다.

"넌 너네 나라가 참 자랑스럽겠다. 한국의 학교에서 한국 선생님들이 한국어로 수업을 하고 한국 TV로 한국 드라마를 보고 한국차를 타고 다니며 한국 핸드폰을 사용하잖아. 우리 학교에서는 마다가스카르 언어를 사용하는 것보다 불어를 사용하는 것을 더 선호해. 물론, 그래도 난 마다가스카르가 자랑스러워."

니나의 말을 듣고 생각해보니 그동안 내가 생각지 못했던 것들이 많았다. 세계일주를 하며 세계 어디에서든 볼 수 있었던 우리나라 물건들, 우리나라는 동북아시아의 작은 나라지만 이처럼 세계적으로 큰 영향력을 끼치고 있었던 것이다. 분명 남들이 부러워할 만한 나라에 나는 살고 있었다. 나처럼 목표 없이 대학 생활을 하던 평범한 학생도 아르바이트로 돈을 모아 세계일주를 떠날 수 있는 나라에 살고 있는 것

파리 평화의 공원

이다. 니나는 나 스스로 한국인이라는 자부심을 크게 느낄 수 있게 해
주었다. 그리고 나도 내 운명에 굴복하지 않고 여행을 마치고 돌아가면
열심히 공부도 하고 꿈을 위해 노력해야겠다 다짐했다.

장기 여행의
매너리즘

"브라질까지 여행을 왔으면 밖에도 나가고 클
럽에 가서 춤도 추고 공연도 구경하고 술도 마
시고 좀 즐겨~! 왜 맨날 여기 앉아서 컴퓨터만
하는 거야?"

프랑스를 끝으로 유럽 여행을 마친 나는 남미로 넘어와 브라질부터
시계 방향으로 남미를 돌았다.

추운 겨울의 유럽에서 따뜻한 남미로 넘어오니 확 따뜻해진 날씨에
너무 기분이 좋았다. 하지만 항상 추운 날씨에 웅크리며 여행을 다닌 때
문인지 몸의 체력이 많이 떨어져 여행의 피로가 쉽게 회복되지 않았
다. 그래서 브라질 리우데자네이루에 머물며 코파카바나 비치에 잠시
구경을 다녀온 후에는 계속 숙소에 머물며 휴식을 취했다.

당시 나는 한 도시에 일주일 정도 머무른 후 다른 도시로 떠나곤 했
다. 떠돌이 삶이 장기화 되고 있었다. 여행을 오래 다니다 보면 매일 보

는 풍경이 그 풍경이고 그 유적지가 그 유적지다. 아무리 대단한 유적
지라고 해도 실제로 매일 그런 곳을 보며 여행을 다니다 보면 새로운
것들이 더 이상 새롭지 않다. 여행지에서 누군가를 만나고 헤어지는 일
이 반복되자 극도로 피곤해졌다. 그렇다고 혼자 있으면 극심한 외로움
이 찾아왔다. 아이러니한 상황이 반복되었다. 내가 밖에 나가지 않고
며칠 숙소에서 컴퓨터만 하며 시간을 보내자 숙소 직원이 나에게 오더
니 한심하다는 듯이 말했다.

"브라질까지 여행을 왔으면 밖에도 나가고 클럽에 가서 춤도 추고 공연도 구경하고 술도 마시고 좀 즐겨~! 왜 맨날 여기 앉아서 컴퓨터만 하는 거야?"

내가 지금 몸이 너무 안 좋아서 계속 쉬는 중이라고 했지만 그는 한심하다는 듯 고개를 돌리고 돌아갔다. 나의 입장을 이해해주지 못하는 그 매니저에게 서운한 마음이 들기도 하였지만 오랜기간 여행을 다니다 보니 여행이 더 이상 가슴 뛰는 특별한 일이 아니라는 것을 인정해야 했다.

내 인생을 온전히 즐기기 위해 '세계일주'라는 하나의 프로젝트로 여행을 떠나온 것인데 반복되는 여행에 매너리즘이 찾아왔다. 그저 이 여행을 완주한다는 목표를 이루기 위해 나는 여행을 지속하고 있었던 것이다. 장기 여행이 항상 즐거울 수만은 없겠지만 매너리즘이 찾아온 상태에서 여행은 더 이상 즐거움이 아닌 고행이 되어버렸다. 그렇게 매너리즘에 빠졌던 나는 내 마음에 쉴 수 있는 시간이 필요하다는 생각이 들었다. 그렇게 나는 아무것도 하지 않고 여행을 떠나오며 지난 기간 동안 블로그에 올렸던 여행기를 찬찬히 읽어보았다. 처음부터 지금까지의 여행기를 읽어보니 새삼 내가 대단한 여행을 하고 있다는 생각이 들었다. '여행을 출발할 때의 기분', '호주에 있던 당시의 다짐', '이곳에 오기까지 했던 노력들', 여행을 떠나기 전 내가 꿈꾸고 동경하던 모습이 바로 지금 나의 모습이라는 생각에 흥분이 또다시 나에게 전해졌다. 그리고 무엇보다. 어려운 시기를 극복할 수 있었던 가장 큰 힘은 사람들의 관심이었다. 블로그의 댓글, 쪽지, 메일을 통해서 내 여행을 지지해주는 사람들을 통해서 내 여행을 돌아보게 되었고 다시 떠날 힘을 얻을 수 있었다.

볼리비아에서 만난
홍콩 커플

"함께 우유니로 돌아가지 않겠니?"

다시 방문한 우유니 소금사막의
홍콩 커플 웨딩 촬영

평소 계획하기 힘들었던 곳을 여행하기 가장 좋은 시기는 신혼여행 때가 아닐까 싶다. 이때만큼은 평소에 여행을 좋아하지 않았거나 일부러 계획하지 않았던 사람들도 해외여행을 떠나기 위해 준비를 한다.

내가 볼리비아에서 만났던 홍콩 커플은 자신들의 결혼식 때 사용할 웨딩사진을 위해 볼리비아 우유니 소금사막으로 미리 신혼여행을 왔다고 했다. 그들은 잡지책에서 스크립해둔 우유니 소금사막의 사진을 나에게 보여주었다. 물이 차 있어 하늘과 땅이 투영되는, 우유니 소금사막을 떠올릴 때 가장 절경으로 꼽히는 모습이었다. 홍콩 커플은 우유니의 멋진 모습을 상상하며 흥분하여 빨리 우유니에 가보고 싶다고 말을 하였다. 그러면서 나에게 우유니에 도착하면 결혼식에서 사용할 동영상 및 사진 촬영을 부탁했다. 나도 기쁜 마음에 촬영을 해주겠다고 하였다. 하지만 안타깝게도 우유니에 도착한 우리 앞에 펼쳐진 소금사막은 그들이 스크랩 해온 사진 속의 모습이 아니었다. 비가 전혀 오지않아 물기가 없는 건조한 사막이었다. 홍콩 커플은 실망했지만 나는 건조한 사막의 모습으로도 충분히 멋지다고 생각했고 그런 우유니의 모습에 충분히 만족했다. 홍콩 커플은 우유니에 언제 비가 올지 여행사에 물어보았으나 여행사 직원은 지금 상황으로는 언제 비가 올지 예상할 수 없다며 비가 오면 연락을 주겠다고 했다. 홍콩 커플은 여행사에 이메일 주소를 남기고 실망한 채로 우유니 다음 여행지였던 포토시로 이동하였다. 나도 커플과 함께 움직였다.

포토시에서 탄광 체험을 하던 중 우유니의 여행사에서 비가 왔다는 소식을 전해왔다. 홍콩 커플은 다시 우유니로 향할 준비를 하면서 나도 함께 우유니로 되돌아가지 않겠냐고 물었다. 나는 비가 온 후의 우유니 모습을 보지 못하더라도 그것과 관계없이 이미 우유니를 보았다는 것에 큰 의미를 두고 있었다. 게다가 장기 여행으로 지쳐있던 나는 지나온 곳으로 다시 되돌아가고 싶지 않았다. 나는 우유니로 되돌아가지 않겠다고 했다. 홍콩 커플은 나에게 다시 한 번 함께 가자고 권했다.

"찬영아, 너가 이 여행을 마치고 한국으로 돌아가면 언제 다시 지구 반대편 남미까지 오겠어? 그리고 너가 우유니에 왔을 때 마침 이렇게

비가 와서 우유니의 절경을 볼 수 있겠어? 지금 여행을 마치고 한국으로 돌아가면 아마 다시 오기 힘들걸? 하지만 지금 버스를 타고 10시간을 되돌아간다면 우리는 그 모습을 볼 수 있어! 함께 우유니로 돌아가지 않겠니?"

들고 보니 맞는 말이었다. 그 유명한 우유니 소금사막의 절경을 내가 이곳 남미까지 언제 또 와서 볼 수 있을까? 홍콩 커플이 다시 보여준 스크랩 속의 우유니 사진을 보니 물이 차 있는 우유니 소금사막은 10시간을 되돌아갈 가치가 있다고 생각했다. 나는 홍콩 커플과 함께 다시 버스를 타고 우유니로 향했다.

10시간을 되돌아와 바라본 우유니 소금사막은 그야말로 절경이었다. 비가 온 후 하늘과 땅이 투영된 소금사막의 모습은 내가 기존에 보고 떠나왔던 건조한 소금사막과 완전히 다른 것이었다. 비가 온 후 소금사막에 얇게 깔린 물이 푸른 하늘을 투영하여 마치 하늘 위에 떠있는 모습을 보여주고 있었다.

홍콩 커플은 웨딩 복장으로 갈아입고 결혼식을 위해 사용할 사진들을 찍기 시작했다. 나는 그들의 결혼식을 위한 사진을 많이 찍어주었다. 홍콩 커플이 나를 설득해서 다시 우유니 소금사막으로 오게 했던 이유가 바로 자신들의 결혼사진을 찍어줄 사람이 필요한 이유도 있었다.

국내에 머물다 한번 해외에 나갈 경우가 생겼을 때는 의욕이 넘친다. 낯설고 새로운 모든 풍경과 모습들이 멋지고 아름답게 느껴지고 작은 것 하나까지 놓치지 않도록 다 보려고 한다. 하지만 장기 여행을 다닌

볼리비아 우유니 소금사막
건조한 소금사막 위의 친구들

다는 것은 이렇게 여행에서 오는 작은 기쁨을 놓치게 만들기도 한다.

때로는 되돌아간다는 것이 늦춰지는 것이 아니라 또 다른 시선을 만들어 준다는 것을 알았다. 이곳에 다시 오지 않았더라면 내가 기억하는 우유니 소금사막이라는 곳은 완전히 다른 모습으로 기억되었을 것이다.

마지막 여행지
일본

일본 시마네현 츠와노 아무도 없는
시골길

세계일주의 마지막 여행지는 일본이었다. 일본을 마지막으로 들른 것은 배를 타고 부산으로 입국하며 여행을 끝마치고 싶어서였다. 여행을 출발할 때부터 늘 꿈꿔오던 바였다.

천천히 여행하는 장기 여행에 대한 로망 때문에 육로 이동을 원칙으로 삼고 싶었다. 하지만 비행기를 타지 않고는 대륙과 대륙 사이를 이동할 수 없었기 때문에 나는 비행기를 타지 않는 여행을 계획하지는 못했다. 그저 비행기를 최소한으로 타고 최대한 육로를 이용해 버스, 기차, 배를 이용해 여행을 다녔다. 그래서 세계일주의 마지막 순간은 비행기를 타고 인천공항으로 입국하는 대신 배를 타고 부산으로 입국하며 장식하고 싶었다.

남미 여행을 마친 후 일본행 비행기에 몸을 실었고 도쿄에서 후쿠오카까지 일본 열도를 가로지르는 여행을 한 후에 부산으로 입국하기로 결정했다. 인천에서 배를 타고 중국으로 넘어간 지 1년 6개월 만에 지구를 한 바퀴 돌아 우리나라 바로 옆 일본에 왔다.

1월의 칼바람이 불었지만 마지막 여행지로 일본을 선택하기를 참 잘했다는 생각이 들었다. 여행을 다니다 만나는 친구들 중에는 자연스럽게 동아시아에 있는 한국, 일본, 홍콩, 대만 친구들이 많기 마련이다. 나 역시 여행 중 사귄 일본 친구들이 많았는데, 여행의 마지막 국가 일본에서 그동안 사귀었던 일본 친구들을 다시 만날 수 있었다. 그 반가운 얼굴들을 일본에서 다시 만난다는 게 너무 행복했다.

세계일주 초반에 베트남에서 만났던 일본 친구 쥬신. 내가 세계일주 중이라고 하니 정말 대단하다면서 포기하지 말고 지구를 한 바퀴 돌고 왔으면 좋겠다고 했다. 내 마지막 여행지는 일본이 될 것이라고 하니 그때 꼭 자기 집에 와서 지내라고 말을 해주었다. 그런데 시간이 흘러 나는 정말로 지구를 한 바퀴 돌아 일본에 도착했다. 쥬신은 나를 너무나 반갑게 맞아 주었고 자신의 집에 초대해 주었다. 마침 생일을 맞이한 나에게 친구들과 함께 생일 파티까지 열어주었다.

이집트에서 만났던 일본 친구 아유무. 한국어에 관심이 많아 이집트 다합에서 내가 작정하고 한국어 공부를 가르쳐준 적이 있었다. 일본의

서쪽 시네마현 츠와노에 살고 있었기에 내 마지막 여행지 후쿠오카로 가는 길에 그 친구의 집에 들렀다.

아무도 없는 텅 빈 버스를 혼자 타고 츠와노의 버스정류장에 도착하니 아유무가 마중나와 있었다. 아유무의 집으로 향하는 길에 아마 내가 이곳을 방문한 첫 외국인일 것이라고 아유무는 말했다. 첫 외국인이라는 말은 과장된 표현이겠지만 버스정류장부터 집까지 가는 길에서 지나다니는 사람을 한 명도 보지 못했다. 그만큼 아유무는 시골에 살고 있었다. 어머니와 함께 살고 있던 아유무는 편의점 아르바이트를 하고 있었는데, 유통기한이 지난 빵과 도시락을 가져왔다면서 양손 가득 주전부리 것들을 들고 있었다.

아유무의 집에 들러 어머님의 따뜻한 환영을 받고 함께 식사를 하니 우리나라에 빨리 돌아가고 싶다는 생각이 들었다. 지금은 아유무의 가족과 함께 식사를 하고 있지만 내일 저녁에는 우리 가족과 식사를 한다는 생각에 기분이 들떴다. 잠 잘 시간이 되었는데 너무나 추운 날씨였고 난방 없이 코타츠 하나로 추위를 버틴다는 것이 힘들었지만 내일이면 우리나라에 돌아간다는 생각을 하면 너무나 기분이 좋아졌다.

그렇게 세계일주의 마지막 날이 밝았다. 우리나라로 향하는 날, 이른 새벽 부엌에서 대화하는 소리가 들려 잠에서 깨어보니 아유무와 아유무의 어머님이 대화를 나누고 있었다. 나 혼자 늦잠을 잤나 싶어 부엌으로 나가 "오하이오 고자이마쓰(안녕하세요)" 하고 인사를 하고 보니, 아유무가 한국으로 가는 배에서 먹으라고 유부초밥 도시락을 만들어 주고 있었다. 그리고 이곳 츠와노에서 유명한 팥빵을 주었다.

아유무와 어머님과 함께 아침식사로 빵을 먹으며 '정말로 오늘 저녁에는 한국에 있는 집에 가서 가족들과 저녁을 먹는 건가?' 하는 생각이 들었다. 세계일주의 마지막 날인데 실감이 나지 않았다.

아유무의 집을 떠나 부산으로 향하던 날, 눈이 쌓인 일본 시골길을 바라보며 신칸센 철도를 타고 후쿠오카로 향했다. 내 여행의 마지막 여행지 후쿠오카 하카타 여객항에서 부산으로 향하는 카멜리아호에 탑승했다.

배에 타니 승객들 대부분이 한국인과 일본인들이었지만 중간 중간 큰 배낭을 메고 있는 서양 여행자들이 보였다. 그들은 아마도 동아시아를 여행하고 있는 여행자들일 것이다. 저 무거운 배낭을 메고 부산에 도착하면 여행자 숙소를 잡고 부산의 관광지를 여행하겠지, 아니면 바로 서울로 향할지도 모르겠다. 여행을 끝내면 자신의 나라로 돌아갈까? 아니면 또다시 인천에서 배를 타고 중국으로 넘어갈까? 그들은 그동안 내가 여행을 다녔던 것처럼 새로운 도시 새로운 숙소를 찾아 여행을 다닐지 모른다. 하지만 나는 그 여행이 오늘로써 끝났다. 이제 한국에 입국하면 여행자 숙소를 찾아다니지 않아도 된다. 내가 꿈에 그리던 우리 집으로 돌아가면 되는 것이다.

드디어 내 여행의 끝이 가까워지고 있었다. 배는 출발도 하지 않았지만 오늘 저녁에는 내 고향 나의 집에서 잠을 잘 수 있다는 생각에 마음은 이미 우리나라에 도착해 있었다.

배가 출발했다. 천천히 멀어지는 하카타 항을 바라보았다. 1년 6개월 전 멀어지던 인천항을 바라보던 게 떠올랐다. 정말 여행의 마지막이었다. 선실에 짐을 풀고 눕자 긴장이 풀려서인지 피곤이 몰려와 스르륵

잠이 들었다. 얼마나 잠들었을까, 방송에서 전방에 부산이 보인다는 안내방송에 깨어나 밖으로 뛰어 나가 뱃머리를 바라보았다. 저 멀리 내가 꿈꾸던 나의 고향 대한민국이 보였다.

나는 다시 현실로 돌아왔다.

아유무가 싸준 도시락

Part 6.

세계일주 그 후

결핍은
상대적인 거야

'그래! 그래도 조건이 이 정도는 되어야지'

여행지에서 만났던 많은 사람들, 기본에 충실한 삶을 살고 있는 사람들, 물질적 풍요가 우리의 삶의 실질적 풍요로 직결되지 않는다는 믿음들…, 여행 다니며 내가 보고 느낀 것을 잊지 말자고 생각했다. 하지만 우리나라에 돌아오고 얼마 지나지 않아 나는 다시 우리나라의 삶에 익숙해졌다. 다른 사람의 시선을 의식하며 상대적인 결핍을 느끼며 내가 부족하다는 생각을 하게 되었다.

여행을 다니며 많은 사람들을 만나고 느낀 것은 사람은 빈손으로 세상에 와서 빈손으로 떠난다는 것이다. 너무나 단순하고 당연한 인생의 깨달음이었다. 하지만 우리나라에서 현실은 피할 수 없었고 그 현실의 고정관념을 극복하기는 쉽지 않았다. 자신의 이상대로 살아가는 것은 참으로 어려웠다. 결국 나는 사회의 분위기에 휩쓸려 쫓아가게 되어버렸다. '그래! 그래도 조건이 이 정도는 되어야지', '내 친구들은 이렇게 하고 있는데 나는 이러고 있는 것이 괜찮을까?' 절대적인 결핍이 아닌 상대적인 결핍의 생각들이 나를 옭아매기 시작했다.

　나는 여행을 통해 무언가 대단한 것을 얻고 대단한 사람이 될 줄 알았다. 남들과 다른 시선과 사고방식으로 살아갈 줄 알았다. 하지만 구체적으로 생각하고 계획하지 않았기 때문에 결과 또한 구체적이지 못했다. 그래서 나를 세상에 맞춰서 현실적인 문제들에 대해 해결해야 하는 상황이 되었다.

　많은 사람들의 축하를 받으며 여행을 끝냈지만 그 끝에는 무엇이 남았나? 여행 전 목표 없이 방황하던 모습 그대로 이렇게 나는 여행을 내려놓고 일상의 삶을 시작해야 했다. 새로 무언가를 시작해야 했지만 여행의 후유증으로 그 여행의 끈을 놓기가 쉽지 않았다. 추억 속에 살며 현실의 모습에 부정을 하기 시작한 것이다. 여행의 경험은 추억을 남기고 여행의 값을 후유증으로 치러야 하는 걸까?

취업준비생

취업을 준비하며 몇몇 기업에 이력서를 넣었다. 마음에 드는 몇 개 기업에만 이력서를 넣었지만 모두 서류에서 떨어졌다. 탈락이지만 내가 얼마나 대단한 사람인지 기업체는 모두 알고 있는 것 같았다. 모두 나의 높은 역량은 인정했지만 모실 수 없다고 문자가 왔다.

난 그저 조금 많은 나라를 여행하고 돌아온 배낭여행자일 뿐이었다. 뒤늦게 취업을 준비하며 현실적으로 내 스펙이 부족하다는 것을 깨닫고는 매일매일 취업사이트를 전전하며 자기소개서를 작성하고 이력서를 지원했다.

여행을 다닐 때는 취업을 생각하지 않았다. 하루하루 즐겁게 여행을 다니는 내 모습이 그 자체로 행복하고 옳은 삶이라 생각을 했다. 하지만 귀국 후 내가 취직을 하기 위해서는 무언가 나만의 스토리가 필요했고 남들과 차별이 되는 스펙이 필요했다.

세계일주라는 경험을 사용하지 않을 수 없었다. 세계일주라는 경험을 취업에 사용할 생각도 없었고 그러면 안 된다고 생각했지만 이제는 취직이 절실했다. 나는 세계일주라는 경력을 앞세워 자기소개서를 작성하며 밤을 지새웠다.

취업을 하기 위해 내가 다녀온 세계일주를 어떻게든 우리나라 사회

이탈리아 로마 시내에서
일자리를 구하기 위해 시위하는 청년들

적 관습에 맞춰 부풀리거나 과장하기도 하고 내가 보고 느낀 것보다
더 많은 것을 경험한 것처럼 포장하여 활용했다. 자기소개서를 쓰다보
니 내가 행복하기 위해 다닌 여행이 취업을 위한 수단이 되어버렸다.
허탈했다.

하지만 세계일주 경력을 앞세워도 그 경험은 내가 생각했던 것만큼 특
별하지 않았다. 요즘 젊은이들 중에서 유럽 여행 한 번 안 다녀온 사람
이 없고 어학연수는 물론 워킹홀리데이 한 번 안 다녀온 친구가 없을
정도다. 나는 그저 장기 여행으로 다녀왔다는 것만으로도 남들과 다르
다는 착각을 했던 것이다.

나는 스펙을 쌓는 대신 여행을 다녀왔다. 분명히 스펙을 쌓기 위해
국내에서 고군분투했던 친구들이 더 좋은 성과를 얻는 것이 맞다. 그렇
기 때문에 1년 6개월 동안 신나게 놀다온 나에 대한 평가는 내가 생각
한 것과 커다란 괴리가 있었다. 내 여행을 부정적으로 봤던 이들의 판

단이 더 정확할 수도 있다. 밤을 새서 공부를 하고 자기소개서를 고치고 또 고쳐 기업체 면접을 준비하는 많은 취업준비생들의 노력이 더 힘들었을 수 있다.

취업 준비를 하던 중 호주에서 여행 경비를 모으기 위해 함께 아르바이트를 하며 지냈던 독일 친구에게 메시지가 왔다. 어떻게 지내냐는 질문에 취업 준비를 하고 있다고 대답하니 그 친구도 지금 취업을 준비한다고 했다. 여행 중 만났던 많은 친구들도 여행을 마치고 자국으로 돌아가 취업을 준비하고 있었다. 세계일주 중 이탈리아를 방문했을 때 젊은 청년들이 일자리를 구하기 위해 시위를 하던 모습이 떠올랐다. 시위하는 모습을 먼 곳에서 바라보며 나와는 상관없는 일로 생각하고 사진을 찍었다. 나도 여행을 마치고 돌아오면 먹고 살기 위해서는 돈을 벌어야 한다는 너무나 당연한 사실을 남의 일 대하듯 왜 그렇게 외면하고 있었는지 모르겠다.

세계일주를 꿈꾸며 준비하던 그 책상에 앉아 이력서를 작성했다. 책상 앞에 붙여놓은 세계지도를 바라보니 여행의 추억을 되새기며 취업을 준비하는 마음이 쓸쓸했다. 여행을 떠나기 전 펜팔 친구들이 보내주었던 편지가 책상 한 쪽에 쌓여 있었다. 그 편지들을 보니 세계일주를 떠나기 전 그 친구들을 만나러 간다는 설렘이 되살아났다. 아프리카에서 온 편지, 유럽에서 온 편지, 아시아에서 온 편지들, 그 편지들을 보니 하루하루 생기 있게 지내던 철없던 그 시절이 생각났다. 그 당시에는 여행만 생각했지 그 이후는 생각을 하지 않았다. 내 인생의 큰 그림이 없었던 것이다.

취업을 본격적으로 준비하며 좌절을 맛보고 있을 때, 그렇게 멋진 여행을 다녀왔으니 여행사에 취직해보라는 친구들이 많았다. 여행을 좋아하는 것과 일로 하는 것은 다르다는 생각을 갖고 있었기 때문에 친구들의 말에 시큰둥했다.

하지만 취업 준비를 하며 계속 서류심사에서 떨어지다 보니 여행사에 지원한다면 서류 통과는 되지 않을까 하는 생각이 들었다. 어쩌면 여행사에서 일하는 것도 재미있을 거란 생각이 들어 여행사에 이력서를 넣어보기로 결심했다. 이력서에 정보를 입력하고 자기소개서를 쓰는데 입사지원서 질문 중에 이런 게 있었다.

"패키지 투어 상품의 수요가 점점 떨어지고 있는데 이것을 어떻게 대처해야 할지 의견을 말해보시오."

여행사는 여행으로 돈을 벌어야 하기 때문에 당연히 패키지 상품을 팔아야 한다. 이러한 여행 상품을 내가 팔아야 한다고 생각하니 암담했다.

내가 관심 있고 즐거워했던 여행은 이런 것이 아닌데 내 관심 분야에서 돈을 벌기 위해서 하고 싶지 않은 일을 해야만 하는 게 현실이었다. 그래서 입사지원서를 삭제하고 지원하지 않았다. 취업을 하려면 하고 싶지 않은 일도 하고 싶다고 말을 해야 하는 상황이 있다. 나는 그러고 싶지 않았다.

취업 준비를 하던 중 취업에 성공한 친구의 회사에 방문할 기회가 있었다. 저녁식사 약속이었는데 친구가 야근이 늦어진다며 지금 회사에 혼자 있으니 사무실에 잠깐 올라와서 일을 끝마칠 때까지 옆에서 기다렸다가 같이 밥을 먹으러 가자고 했다.

고층 빌딩이 밀접한 서울 중심부 어두워진 밤하늘 아래 빌딩들에는 환하게 불이 켜져 있었다. 친구의 회사 건물에 가보니 사원증이 없으면 출입을 할 수가 없어서 친구가 1층으로 마중을 나와 건물 안으로 들어갈 수 있었다.

아무도 없는 넓은 사무실에 멋지게 차려입고 사원증을 목에 걸고 야근을 하고 있는 친구의 모습을 보니 그 친구가 멋지다는 생각이 들었다. 회사 생활을 하며 야근을 하고 있는 친구의 모습을 멋지다 생각하는 날이 올 줄은 꿈에도 몰랐다. 그 전까지는 회사에 취직해 일하는 것은 참 재미없는 삶이라고 생각했지만 회사에 취직해서 회사의 구성원으로, 사회의 구성원으로 일을 한다는 것이 처음으로 대단해 보였다.

대답할 수 없는
질문

처음에는 기업체 정보를 꼼꼼히 알아보고 이력서를 제출했지만 서류 탈락이 계속되다보니 신규 공고가 뜨는 기업체마다 회사 이름만 바꿔 이력서를 제출하기 시작했다. 그렇게 이력서를 넣은 곳은 모두 97군데, 그중에서 서류를 통과하여 면접을 보게 된 곳은 5곳이었다. 면접을 위해 회사에 찾아가 면접장에 들어가니 면접관들이 우려스러운 표정으로 질문을 했다.

"장찬영 씨는 이렇게 여행을 좋아하고 여행을 많이 다녔는데 또 여행을 떠나고 싶어지지 않을까요?"

기업체에서 여행을 다녀온 사람에게 갖는 시선은 '또다시 모든 것을 놔두고 떠나버리지 않을까'였다. 이 지원자를 뽑았을 때 또다시 박차고 떠나버리면 어쩌지 하는 우려의 마음에서 이러한 질문을 하나 보다.

당연히 또 떠나고 싶다고 말하고 싶었지만 회사 면접이라는 특수성 때문에 솔직하지 못했다.

"아닙니다. 여행을 좋아한다고 해서 해외로 돌아다니는 것만이 여행이라고 생각하지 않습니다. 국내에서 일상을 살아가는 것도 여행의 한 부분이라고 생각합니다. 긴 장기 여행은 한 번이면 됩니다."

말은 이렇게 했지만 여행의 맛을 알아버렸으니 한 번이면 될 리가 없다. 언젠가는 또 떠날 것이라 스스로 생각하며 하루하루를 버틸 뿐이다.

내 속마음을 감추고 취업에 절실히 매달린 끝에 한 기업에 최종 합격을 할 수 있었다. 어린 나이에 세계일주를 다녀왔기 때문에 아무래도 플러스 요인이 되었다고 생각한다. 내 나이 스물여덟이었다. 모든 기업체들이 표면적으로는 나이 제한을 두고 있지 않지만 실제 서류 심사 때 나이가 너무 많은 지원자들을 자체 기준으로 걸러내는 경우가 많다. 내 생일이 빠른 1월이라는 점은 참으로 다행이었다. 며칠 일찍 태어나 친구들과 같이 29살로 대접을 받았다면 첫 취업을 하는 데 불이익이 있었을지 모른다. 한 살이라도 어릴 때 여행을 떠나라는 말은 여러 가지 이유가 있지만 이러한 현실적인 이유도 있다.

2012년 9월 24일, 나는 대한민국의 직장인이 되어 출퇴근 하는 삶을 시작했다.

책임감은
늘어나기만 한다

방황 끝에 취직을 해 출퇴근을 한 지 한 달. 첫 월급을 받았다. 그 월급으로 인한 삶의 안정감은 실로 너무나 컸다.

연일 방송에서 나오는 청년 실업의 문제는 이제 나와는 상관없는 일이 되어버렸다. 이런 안정감을 처음 느껴보았기 때문에 직장의 소중함을 알았다. 내가 겪어보지도 않고 직장 생활을 지루한 삶이라 생각했던 것은 참으로 어리석은 일이었다.

2018년 현재 어느덧 직장 생활이 7년 차에 접어들었다. 내가 그렇게 가치가 없다고 생각했던 출퇴근 하는 삶을 살고 있다. 이제는 이것이 당연한 삶이라고 생각하며 지내고 있다. 내가 언제 세계일주를 다녀오기는 했었나 싶을 정도로 이 삶에 맞춰졌다.

직장 생활을 시작한 후 두 가지 상반된 마음이 공존하기 시작했다. 첫 번째는 직장을 다니면 얻을 수 있는 안정감이었다. 분명 안정적으로 월급도 받고 이제 부모님은 내가 결혼하는 일만 남았다고 좋아하셨다. 처음으로 느껴보는 안정감 속에 남들이 사는 것처럼 결혼하고 아이를 낳고 살아가는 것도 나쁘지 않다고 생각했다.

두 번째는 또다시 여행을 떠나고 싶다는 마음이었다. 취직하기 전까지는 취직이 너무나 간절했지만 막상 일을 시작하니 간절했던 마음은 사라지고 다른 생각이 들기 시작했다. 이렇게 안정적으로 지내다가 이 안점감에 익숙해져 내 인생이 이대로 끝나버리는 것은 아닐까. 그렇다고 회사를 그만두고 다시 떠나야 한다는 결정을 쉽게 할 수도 없었다.

직장 생활을 시작하니 나의 짧은 미래들이 보이기 시작했다. 이렇게 직장생활을 하며 돈을 모은다면 어느 기간 동안 얼마를 모을 수 있고 어떻게 살아갈 수 있는지 보였다. 결혼해서 가족이 생기고 아이들이 생긴다면 그 틀은 더더욱 선명해질 것이다.

또 다른 여행을 꿈꾸며 블로그에 이런 글을 올린 적이 있었다.

"직장 생활을 시작하고 세계일주를 결심하는 것은 학생 시절 결심하는 것보다 3배는 어려운 것 같다."

주변에서는 결혼을 하고 자리를 잡는 친구들이 늘어나는 상황에서 나는 반대로 회사를 그만두고 여행을 떠난다면 그 기간만큼 내 경력이 단절이 될 뿐만 아니라 내가 여행을 떠나 있는 동안 벌지 못하는 돈, 그리고 여행을 다니는 동안 쓰는 돈 등 기회비용이 두 배나 든다는 생각에 주저하게 되었다.

물론 여행을 떠남으로써 내가 겪는 경험들과 여행을 다니는 동안에 얻는 행복감 역시 무시할 수는 없지만 이미 세계일주를 다녀온 후의 사회적 냉랭함, 일부의 허무함을 느꼈기에 더욱 어려웠다.

많은 분들이 공감을 하며 댓글을 달아주셨는데 어느 한 분의 댓글이 내 마음에 와 닿았다.

"틀렸어요!
직장인이라면 30배 입니다.
직장인에 결혼을 했다면 300배,
직장인에 결혼해 아기가 있다면 3,000배 입니다."

직장 생활을 하며 여행을 꿈꾸는 직장인이라면 너무나 공감이 가는
말이다. 그만큼 내 손에 들고 있는 것이 많아진다면 그것을 놓고 떠나는
것이 쉽지 않다. 모든 것을 놓고 떠났다가 되돌아 왔을 때 그 여행이
내가 놓은 것들만큼의 가치가 있을지 고민하게 되는 것이다.

"떠나지 못할 이유가 더 생기기 전에 떠나야 한다."

너무나 맞는 말이다. 손에 쥐고 있는 것이 많아질수록 떠나는 것을
주저하게 만드는 이유들이 늘어난다.

30대 중반인 지금, 20대 중반에 떠났던 여행을 똑같이 반복한다면
나는 그 여행을 온전히 즐길 수 있을까? 멋진 풍경을 보고, 맛있는 음
식을 먹고, 좋은 사람들과 즐겁게 여행을 다니더라도 내 마음 한 구석
에 절대 채워지지 않는 허전함이 있을 것이다. 이 허전함은 책임감이
다. 이를테면 내 인생에 대한 책임감, 부모님에 대한 책임감 등이다. 이
미 이 책임감이라는 부분이 너무 커져버린 나는 마음 놓고 여행을 즐
기기 힘들다. 젊은 학생들에게 나이가 한 살이라도 어릴 때 여행을 떠나
라고 말하는 이유는 이런 책임감 때문이다. 떠나지 못할 이유가 더 생
기기 전에 떠나야 한다.

학생 시절 여행을 떠날 때는 내가 책임져야 할 것이라고는 내 몸 하나 밖에 없었다. 아무것도 갖고 있지 않았기 때문에 책임감이 필요치 않았고 그저 부모님 걱정 안 하시도록 연락 잘 드리고 다치지 않고 돌아오는 것이 가장 중요했다.

하지만 직장 생활을 하는 지금 다시 여행을 떠나고 싶다는 생각을 하니 이제는 내 상황이 예전 같지 않다는 것을 느낀다. 나이가 들면 우리 주변에 책임져야 할 것들이 보이기 시작한다. 어렸을 때는 어리기 때문에 잘 보이지 않는다. 그만큼 내가 철이 없기도 하고 책임감보다는 즐겁기 위해 행동하기 때문이다. 하지만 나이가 들면서 그것들이 눈에 들어오기 시작하면 한번 눈에 들어온 책임감이라는 녀석은 쉽게 떨쳐버릴 수 없다.

늦은 나이에 여행을 떠난다면 내 인생을 책임질 수 있는 여행을 떠나야 한다. 결코 가벼운 마음으로 온전히 여행을 즐기기 어렵다. 여행은 즐기기 위해 떠나는 것인데 무언가 성취하고 와야 하는 미션이 되어버린다. 내가 떠나려는 이 여행이 그럴만한 가치가 있을지 고민한다는 것부터가 이미 책임감이 너무 많이 늘었다는 것이다.

야근
단상

매일 1시간 30분 정도 걸리는 거리를 출퇴근 하며 정신없는 나날을 보냈다. 매일 아침 비슷한 시간대에 비슷한 플랫폼에서 보는 사람들과 함께 지하철로 출근을 하고는 하루 종일 시달려 저녁 무렵에는 파김치가 되어 퇴근을 하는, 그런 일상이 반복되었다.

처음 일을 시작하고는 막연하게 이 생활이 얼마 지나지 않아 끝날 것이라는 환상을 갖고 있었다. 그러면서 한편으로는 회사를 그만두기 전까지는 끝나지 않는다는 생각에 씁쓸했다. 회사에 다니는 선배들이 10년 넘는 기간 동안 이 생활을 하였다니 대단해 보였다. 뿐만 아니라 평생 직장 생활을 하신 부모님도 새삼 존경스러웠다.

3년 동안 세계일주를 다녀온 동생이 국내에 몇 년 머물다가 또다시 장기 여행을 떠나기 위해 짐을 꾸렸다. 출발 전 날 전화 통화를 하다가 내가 말했다.

"야~ 부럽다!"

다시 여행 떠나는 동생이 분명 부럽다는 말이지만 나 역시 이미 나이가 있기에 또다시 여행을 떠나기보다는 안정적인 생활을 해야 한다는 생각 또한 있었다. 마음이 복잡한 상태에서 그 동생이 자유롭게 떠나는 모습이 부러웠다. 동생은 이렇게 대답했다.

"형, 한 번 내려놓으면 그 다음부터는 쉬워요. 형도 다시 떠나요"

나는 이미 한 번 내려놓았다. 그리고 자유롭게 돌아다닌 후 우리나라에 돌아와 몇 년의 방황을 거쳐 우리나라 사회 시스템에서 만들어 놓은 틀 안으로 들어와 지내고 있다. 내가 언제 세계일주를 했었나 싶을 정도로 적응해버렸다.

다시 한 번 여행을 떠난다면 내 손에 움켜쥐고 있는 것들을 다시 내려놓아야 한다. 분명 내려놓으면 난 훌훌 털고 즐겁게 여행을 다닐 것을 알고 있다. 여행을 다녀온 후에는? 나는 이미 세계일주를 다녀왔지만 이런 똑같은 고민을 하고 있다.

회사에 출근해 야근을 하다가 여행 다니던 시절의 내 사진을 보면 그 시절의 감정들이 새록새록 떠오르고 내가 보았던 풍경들이 눈앞에 펼쳐진다. 이렇게 일을 하고 있는 모습이 나일까 여행을 다니던 시절의 내가 나일까? 여행을 통해 진짜 세상을 봤고 삶을 즐기는 방법을 배웠다고 생각했지만 여행이 끝나고 다가온 현실은 그런 걸 허락하지 않았다. 내가 다녀온 여행이 꿈속에서의 이야기처럼 희미해졌다.

직장 생활의
아름다움

　잘 다니던 직장을 그만두고 여행을 떠나는 것에는 많은 두려움과 용기가 뒤따른다. 사람들은 참으로 용기 있는 결정이라고 말한다. 하지만 세계일주를 다녀온 후 방황하다 직장 생활을 해보니 오래도록 직장 생활을 한 사람들이 더 대단해 보였다. 그들이야말로 진정 용기 있는 자들이라는 생각이 들 정도다.

　YOLO(You Only Live Once)라고 외치며 사회적 틀을 뿌리치고 떠나는 것이 멋있어 보인다. 하지만 우리가 사는 세상은 그런 이상만으로 먹고 살 수 있는 곳이 아니다. 현실적으로 우리는 대한민국이라는 사회에 살고 있다. 그런 사회에서 내 감정을 온전히 스스로의 기준에만 맞춰 만족하고 산다는 것은 대단한 결심이 아니고서는 거의 불가능에 가깝다. 꼭 떠나는 것만이 진짜 용기는 아니라는 것이다.

　모두 각자의 상황이 있다. 그리고 각자의 가치관이 있다. 사람들은 자신의 기준에 맞춰 생각하고 판단하고 행동한다. 내가 스물다섯일 때는 세계일주가 내 가치관의 가장 첫 번째에 있었다. 때문에 훌훌 털어버리고 여행을 떠났다. 내가 하고 싶은 것이 없는, 또는 자신이 하고 싶은 것이 무엇인지 찾지 못한 상황에서 취직을 하기보다는 그냥 마음이 원하는 대로 살고 싶어서 떠났다. 만약 내가 하고 싶은 일이 있었다면 여행을 떠나지 않고 그 일을 했을 것이고 그 삶은 그대로 멋진 인생이 었을 것이다. 그만큼 각자의 삶이 있는 것이다.

지금도 여행을 떠나고 싶은 마음은 마음 한켠에 있다. 그렇다고 맹목적으로 여행만을 꿈꾸지는 않는다. 여행만큼이나 중요한 것들이 많이 생겼고 우리의 일상에서 챙겨야 할 것들, 소중한 것들이 있다.

직장인이 되어 1년에 한 번 있는 여름휴가를 생각하며 1년을 버틴다는 것은 참으로 어려운 일이다. 책임감을 지키기 위해 그런 삶을 산다는 것 역시 대단하다. 이미 한 번 놓아본 경험이 있어서 그런지 여행 후의 허탈한 느낌을 조금은 알고 있다. 중요한 것은 떠나느냐 안 떠나느냐가 아닌 자신이 짊어진 책임감을 묵묵히 다해내는 생활을 하는 것이야말로 멋지고 용기있는 삶인 것이다.

Part 7.

세계일주 고민 상담소

그 많은 여행자들은
무얼하고 있나?

"그냥 다녀왔다"

칠레 산페드로 데 아타카마
사막에서

　세계일주를 다녀오고 나와 비슷한 여행을 다녀온 다른 여행자들은
무엇을 하고 지내고 있는지 궁금했다.

　수많은 세계일주 여행기들을 보면 안정된 일자리를 박차고 멋지게
세계일주를 떠났다고 소개하는 사람들, 그들의 여행기는 너무나 흥미
롭고 즐거웠던 에피소드들로 가득하다. 여행을 해피엔딩으로 끝낸 그
들은 돌아와 무엇을 하고 있을까?

여행으로 인해 시야가 넓어졌다, 인생을 바로 바라보게 되었다, 나는 이런 말이 아닌 좀 더 현실적이고 구체적인 그들의 삶이 궁금했다. 시야가 넓어져서 무슨 일을 하고 있는지, 여행을 다녀온 사람들에 대한 사회적 평가는 어떠한지? 그 후의 삶에 스스로 만족하는지?

이런 부분들을 고민하고 무언가를 얻으려고 세계일주를 다녀온 것은 아니지만 그래도 세계일주를 마치고 우리나라에 돌아와서 사회생활을 해보니 이 부분들을 고민하지 않을 수 없다는 것을 알았다.

여행 관련 모임에서 유명 여행자들을 많이 알게 되었다. 나처럼 학생이었던 사람이 여행을 마친 후 회사에 취직해서 일을 하고 있는 경우도 있지만 이렇게 평범한 일보다는 특별한 일을 하려는 사람들이 많았다. 여행을 다니며 블로그, 페이스북을 통해 여행 이야기, 사진, 동영상 등 자신의 콘텐츠로 팬 층을 확보한 여행가들이기에 그러한 생각들을 할 수 있다. 반대로 그 특별함으로 인해 일상으로 돌아오기를 거부하고, 적응하지 못하고 방황하는 사람들도 있었다.

여행을 다녀온 사람들은 여행으로 인해 자신들이 잠시 가졌던 특별함을 유지하고 싶어한다. 시간이 흐를수록 사람들에게 잊혀져 가지만 자신이 여행을 다녀왔다는 것을 지속적으로 알리고 싶어 한다. 그래서 또다시 여행을 떠나며 여러 SNS에 여행기를 올린다.

세계일주를 다녀온 사람들은 돌아온 후 많은 사람들의 관심을 받는다. 그러한 관심으로 대중적으로 유명한 여행자가 되어 전문 작가가 되거나 준 연예인으로 생활하는 사람들도 있다. 하지만 그런 여행자들은 극소수에 불과하다.

어느 여행자는 여행 전 다니던 똑같은 업계에 복귀해 일을 하고 있다. 마치 그 전부터 그렇게 일을 해왔다는 것처럼. 그에게 여행을 다녀온 후 회사를 다니니 어떤 느낌인지 묻는 말에 특별함 보다는 "그냥 다녀왔다"라는 느낌이 든다고 했다. 그리고 약간은 허무한 느낌이 들기도 한다고 하였다. 어떤 여행자는 여행이라는 경력을 앞세워 여행사에 취직한 사람도 있고, 전문 여행 가이드로 활동하고 있는 사람도 있다. 여행이 좋아서 여행 관련 일을 하고 있지만 이들과 대화를 나누어보면 퇴근시간을 기다리고 주말을 기다리는 우리 사회의 평범한 직장인들과 다를 바 없다.

여행 후 책을 쓰거나 강연을 다니는 사람들이 많이 있지만 여행 자체를 자신의 업으로 승화시켜 삶을 영위하는 사람들은 그리 많지 않다. 대단한 여행을 다녀왔던 사람, 더 유명했던 사람도 갔다 와서는 생활인의 한사람으로써 또 그렇게 소속되서 세상을 열심히 세상을 열심히 살아가고 있다.

기록이
기회를 만든다

세계일주 여행기를 기록으로 남긴 사람과

그렇지 않은 사람

볼리비아
우유니 소금사막에서

　내가 알고 지내는 세계일주 여행가들은 크게 두 부류로 나뉜다. 세계일주 여행기를 기록으로 남긴 사람과 그렇지 않은 사람으로 말이다. 인터넷에 '세계일주'라고 검색을 해보면 많은 여행자들이 나온다. 대한민국의 극소수의 사람들만이 세계일주를 떠난다는데 인터넷에 검색해보면 너무나 많은 세계일주 여행자들이 있다. 중요한 것은 그들은 인터넷으로 노출이 되는 사람들이고 노출이 되지 않는 여행자들도 많이 있을 것이다. 세계일주 여행기를 기록으로 남긴 사람들은 새로운 기회를 가진 사람들이 많다.

반대로 너무나 멋진 세계일주를 다녀왔음에도 SNS나 블로그, 개인 홈페이지 등 자신의 여행을 알리는 데 전혀 신경을 쓰지 않은 여행자들도 있다. 여행이라는 것은 자신의 만족을 위해서 다녀오는 것이다. 세계일주라는 것이 자신의 욕망에 의해 떠난 것이라면 그렇게 사회적 이슈에서 사라져 버린들 그것이 무슨 상관일까? 하지만 여행을 통해 여러 기회들이 생길 수도 있는 것이다. 그리고 나도 생각지 못했던 그런 기회를 갖게 되었다.

내 여행기에 관심을 갖는 사람들이 많아지자, 그로 인해 여러 매체에서 연락이 왔다. 잡지에 기고문을 작성해 달라거나 신문사에서 인터뷰를 요청하거나 칼럼을 연재해달라고 하기도 했다.

그러다 한 번은 어느 단체에서 강연을 해줄 수 있냐고 연락이 왔다. 처음 강연 제의를 받았을 때, 나는 사람들 앞에서 강연을 할 수 없다고 생각하며 거절하였다. 하지만 강연을 요청하는 곳이 점점 늘어나니 거절만 하지 말고 강연을 한번 해볼까 생각했다.

처음에는 강연을 한다는 게 너무 무섭고 불안해서 청심환을 먹고 무대 앞에 서기도 했다. 하지만 불안했던 마음도 잠시, 무대 앞에 서면 모든 사람들이 나를 바라보며 내 강연을 들어주는 것에 희열을 느꼈다. 말똥말똥한 눈으로 나를 바라보는 그 많은 여행을 꿈꾸는 사람들을 보면서 강연을 하는 즐거움을 얻었다. 나의 새로운 모습에 스스로 놀라기도 했다. 남들 앞에 선다는 것은 생각지도 못했는데 이렇게 강연을 한다는 것이 꿈 같은 일이었다. 내가 여행을 떠나기 전 알고 있던 몇몇 유명 여행자 분들과 함께 같은 무대에서 강연을 하고 있다는 사실에 스스로 뿌듯함을 느꼈다.

세계일주를 다녀왔다면 그 내용을 책으로 묶어 출간해보는 것을 꿈꾸는 이들도 많다. 나 역시 세계일주를 다녀온 후 책을 써보고 싶었다. 하지만 어떻게 책을 써야 할지도 몰랐고 출판사와 어떻게 계약을 해야 하는지도 몰랐다. 내 블로그의 여행기를 지켜보던 출판사에서 먼저 책을 출간해보지 않겠냐고 연락을 해왔다. 나는 그 출판사와 계약하여 세계일주 가이드북 〈세계일주 카우치서핑부터 워킹홀리데이까지〉도 출간할 수 있었다. 이렇게 세계일주를 다녀온 후 방황을 하고 있었지만 생각지 못한 특별한 일들도 생겼다.

내가 펜팔 친구들을 만나기 위해 세계일주를 떠날 때 책을 출간한다거나 사람들 앞에서 강연을 한다는 것은 생각지도 못한 일이었다. 그런데 이렇게 책을 출간하고 강연을 다닐 수 있었던 것은 내가 세계일주 여행기를 개인 블로그에 꾸준히 올리고 있었기 때문이다. 그래서 많은 사람들이 나를 알게 되었고 그런 기회들이 생길 수 있었다.

당시에는 스마트폰이 보급되기 이전이라 페이스북 인스타그램 같은 SNS가 활발하지 않았다. 그래서 개인을 나타내는 수단으로 블로그가 대세였다.

2009년 8월 11일부터 2011년 1월 22일까지 529일 동안 세계일주를 다니며 블로그에 올린 포스팅 수는 382개이다. 3일 중 2일은 블로그에 글을 썼다는 것이다. 나는 블로그에 글을 쓰는 것을 너무 진지하게 받아들이지 않고 편안하게 써나갔다. 그날 있었던 일을 일기처럼 적고, 글을 쓰기 싫은 날에는 편안하게 사진만 올리기도 하였다. 인터넷이 잘 터지지 않는 지역에 있을 때는 미리 블로그에 여러 개의 글을 써놓고 하루에 1개씩 업로드 되도록 예약 기능을 활용했다. 그래서 오지 지역으로 몇 주 여행을 다닐 경우에도 내 블로그에는 꾸준히 글이 올라왔다.

이런 특별한 경험을 할 수 있는 기회는, 기록으로 남겨놓은 나의 여행기 때문이다. 글로 쓰는 것을 좋아하는 이러한 성격이 나에게 기회를 가져다주었다. 여행을 자신의 여행으로만 생각하고 기록을 하지 않는다면 이런 기회가 쉽게 찾아오지는 않았을 것이다.

세계일주라면 그저
권할 뿐

블로그에 올린 세계일주 여행기를 보고 많은 사람들에게 연락이 왔다. 그들은 내 블로그에서 간접적으로 접하는 여행기가 팍팍한 일상의 한 줄기의 힘이 되었다고 말해주었다. 그리고 내가 여행을 떠나기 전 즐겨 보았던 많은 블로그 여행자들처럼 나의 여행을 꿈꾸는 어린 학생들이 많았다. 나를 통해 세계일주를 결심할 수 있었다고 말하는 것을 듣고 나 역시 다른 이들에게 동기부여를 해줄 수 있다는 것이 뿌듯했다.

사람들이 하나둘 세계일주 상담을 요청하며 연락을 해오면 내가 일하고 있는 회사 근처로 초대해서 식사를 대접하며 상담을 해주었다. 나를 만나고 싶다고 연락이 온 사람들 대부분은 20대 초반에서 중반의 대학생이었다. 그들은 다양한 주제로 세계일주를 계획하고 있었는데 독특한 여행 콘셉트로는 여행지에서 캘리그라피로 글씨를 써서 판매를 하거나 도시마다 마술 공연을 하며 여행을 다니고 페이스북 친구를 만나는 콘셉트로 여행을 계획하고 있는 사람들도 있었다. 또 자전거, 오토바이를 타고 여행을 떠날 계획인 사람들도 있었다. 10년 전만 하더라도 세계일주 여행자라고 하면 특별한 주제 없이 그냥 '세계일주'

라는 것만으로도 주목을 받았고 많은 사람들의 관심의 대상이었다. 하지만 시간이 흘러 지금 세계일주 여행자를 찾아보면 너무나 다양한 주제와 방식으로 여행을 다니고 있다. 꿈꾸는 여행의 종류는 다양했지만 이들의 공통점은 세계를 여행한다는 것이다. 그들은 자신보다 먼저 세계일주를 다녀온 사람에게 자신의 결심에 대해 긍정적인 대답을 얻고 싶어했다. 그들이 원하는 것은 확답이었다.

그리스 산토리니 섬 고대티라에서
바라본 해변가의 모습

"그래 떠나세요!"

세계일주를 계획하다 보면 불안한 마음이 생긴다. 자기 자신도 불안한데 거기다 부모님도 걱정하고, 친구들도 부러운 마음, 걱정되는 마음, 시기하는 마음이 합쳐서 계속 자극한다. 여러 사람들에게 압박을 받다 나를 찾아오는 것이다. 자신의 마음속에 이미 답은 정해져 있지만 그 답이 '맞다'는 것을 나에게 확인받고 싶어한다는 것을 느꼈다.

난 그들이 이미 결심한 것을 알기 때문에 적극적으로 응원해주며 물어보았다.

"여행을 다녀온 후 어떤 계획이 있으신가요?"

장황하고 즐겁게 여행 계획을 말하던 사람들이 다녀온 후에 무엇을 할지 물어보면 눈이 흐려진다. 확실치는 않지만 여행을 통해 무언가를 찾을 수 있을 것이라 생각한다고 말한다. 그냥 일단 다녀와 보면 무언가 길이 보이지 않을까 생각하고 있다. 해외에 다녀오면 모든 것이 해결될 것이라는 환상을 갖고 있는 사람들도 있다. 대체로 나이가 어릴수록 이런 생각을 갖고 있다. 환경이 바뀌면 자극이 되지만 기본적인 문제를 해결하는 방법은 국내에 있을 때와 크게 다르지 않다. 또 다른 삶의 연속인 것이다.

이런 생각을 갖고 있는 사람들은 대체로 자신이 무엇을 원하는지 모르는 경우가 많았다. 나 역시 해외의 많은 펜팔 친구들을 만나보고 싶다는 마음과 지금 아니면 안 될 것 같은 마음 그리고 원하는 게 뭔지도 모르는 내 상황에 대한 답을 찾을 수 있을 거라는 기대가 있었기에 여행을 떠날 수 있었다.

여행 예정자들의 이야기를 듣고 있으면 내가 세계일주를 떠나기 위해 준비하던 시절이 떠오른다. 여행을 떠나기 전 내 스스로에게 물어본 이 질문에 나 역시도 여행을 다녀온 후의 일은 다녀와서 생각하자고 대답했다. 일단 내가 하고 싶은 것은 세계일주이기 때문에 떠날 것이라 당당히 말을 했다. 그렇게 말을 하면서도 속으로는 내가 세계일주를 마친다면 내가 생각지 못한 것을 보상 받을 수 있을 것이라는 생각을 하고 있었다. 세계일주를 떠나기 전 스물네 살의 나는 그 매력에 모든 것을 버리고 뛰쳐나갔다. '세계일주 완주'라는 타이틀을 얻은 지금 나에게 분명 많은 기회들이 주어졌다. 평범한 학생으로 지냈으면 생각지도 못했을 일들을 많이 하고 있다.

여행을 통해 무엇을 얻었나? 무엇을 얻을 수 있을까? 라는 질문에 성공과 실패라는 명확하고 구체적인 대답을 할 수는 없다. 여행을 꿈꾸던 시절부터, 여행을 준비하고 또 그 후에 취업문을 통과해 직장인이 되어 지내고 있는 지금까지의 모든 경험들이 내 인생의 한 단락단락들의 마침표가 되어 또다른 새로운 출발을 할 수 있게 해준 원동력이 된것이다.

그 누구도 대신해줄 수 없는 긴 여행의 과정 하나하나를 부딪치며 세상을 바라보는 진지함, 부딪쳐 나가서 극복해 낼 수 있다는 자신감, 책임감 있는 삶의 자세, 어떤 경우에도 희망을 잃지 않고 도전해보는 마음, 그 모든 과정이 세상을 살아가는 자세가 단단해지고 성숙되어가는 과정이었다.

인생의 행복은 누가 결정하고, 정해준 틀을 따라갈때 생기는 것이 아니라, 내가 선택한 길을 스스로 나아갈때 생긴다. 그런 점에서 긴 여행은 그 과정에 꼭 필요한 것들을 배우게 해줬다.

여행을 계획하고 고민하며 실행하는 그 과정 속에서 우리가 부딪히고 겪은 것들은 어떤 방식으로든 보상받게 된다. 그렇기에 여행은 한번쯤 꼭 떠나볼 만한 가치가 있다.

세계일주를 꿈꾸는
부부

여느 날과 같이 회사에 출근해서 일을 하고 있었고 저녁 여섯시 퇴근 시간이 다가오고 있었다. 마침 당직도 아니고 정시 퇴근을 할 수 있을 것 같아 기분 좋게 여섯 시가 되기를 기다리며 업무를 정리하고 있었다. 그때 내 자리 전화기가 울렸다. 퇴근 직전의 전화는 불길한 징조다. 부디 정시에 퇴근을 할 수 있게 아무 일이 아니길 바라며 전화를 받았다. 그런데 수화기 너머로 당황스러운 말이 들려왔다.

"달타냥님 만나 뵙고 싶어서 찾아왔습니다."

순간 이게 무슨 상황인가 싶어 멍 하니 아무 대답도 하지 못하고 가만히 있었다. 그러자 수화기 너머로 또다시 목소리가 들려왔다.

"지금 회사 앞에 와 있습니다."

그 말을 듣고도 나는 상황 정리가 안 되었다. 일단 나는 회사 전화를 받았는데 나를 블로그 닉네임인 달타냥이라고 부르는 상황이 이해되지 않았다. 그리고 이곳에 와 있다는 것이 무슨 말인지 감이 오지 않았다. 나는 얼떨떨한 기분에 수화기를 내려놓고 회사 정문으로 달려가 보았다. 정문에 도착해 보니 어떤 남자 분께서 내 책을 들고 나를 바라보고 서 계셨다. 정문 밖으로 나가니 그 분께서는 쑥스러운 미소를 지으며 너무 만나 뵙고 싶어 실례를 무릅쓰고 회사까지 찾아왔다고 했다. 그리고 준비해온 커피를 나에게 건네 주시면서 책에 사인을 해달라고 하셨다.

그 분은 블로그를 통해 내 여행기를 보시고 팬이 됐다고 했다. 궁금한 마음에 내 회사 주소는 어떻게 알고 오셨냐고 물어보니 신문을 보고 오셨다고 했다. 몇 주 전 모 신문에서 인터뷰를 했을 때 나를 소개하는 글에 '서울 중구 순화동 xx빌딩 xx운송에서 근무하는 장찬영 씨'라고 소개를 했다. 그 신문을 보시고는 자신이 일하는 곳이 내가 다니고 있는 회사와 많이 가까워 이렇게 퇴근시간에 맞춰 찾아왔던 것이다. 그리고 세계일주에 관해 조언을 구하고 싶다고 말했다.

대화를 나눠보니 그분은 나와 동갑이었고 5년 차 직장인에 결혼까지 하신 상태였다. 그리고 아내분과 함께 회사를 그만두고 1년 동안 세계일주를 계획 중이라고 말씀하셨다. 처음 결혼을 할 때부터 세계일주 계획을 하고 있었는데 직장 생활을 5년 넘게 하다 보니 이제는 목표로 했던 세계일주를 떠나야 할 때가 된 것 같다고 하셨다. 그러면서 세계일주를 다녀온 후 한국에 돌아와서 직장 생활을 하며 살고 있는 나의 삶이 어떤지 궁금해하셨다. 그리고 세계일주의 경험이 한국에 돌아와서 재취업에 도움이 되는지를 알고 싶어 하셨다.

내가 세계일주를 다녀오기는 했지만 내가 다녀왔던 세계일주와 이 부부가 떠나려고 하는 세계일주는 엄밀히 말해 다른 여행이었다. 나의 세계일주는 이 부부의 여행에 비해 크게 책임질 것이 없는 여행이었다. 오직 한 가지 책임질 것이 있었다면 그건 내 건강이었다. 지구를 한 바퀴 돌면서 내 몸 하나 다치지 않고 무사히 입국을 하면 성공하는 그런 여행이었다. 어린 나이에 여행을 떠난다는 것은 이만큼 책임질 것이 없다. 여행을 그 자체로 즐기는데 더 복잡하게 생각할 것들이 없다는 것이다.

이 부부가 떠나려고 하는 여행은 책임감이 많이 뒤따른다. 이미 직장인이지만 회사를 그만두고 떠나야 하고 다녀온 후에는 조금 더 나이가 들어 재취업을 하는데 부담이 뒤따를 수밖에 없다.

나와는 너무나 다른 상황에서 세계일주를 계획하고 있는 그 부부의 여행을 응원해 주었지만 내가 그 분들에게 명확한 해답을 제시해 주기는 어려웠다. 그저 여행을 다니며 여행 이후에 닥칠 상황에 대한 고민보다는 그 순간만큼은 온전히 즐길 수 있는 여행을 다녀오라고 말을 해주었을 뿐이다.

여행을 꿈꾸는 사람들을 만나보면 지금 하고 있는 것을 내려놓고 여행을 떠나야 할지 말아야 할지 고민을 하고 있다. 나이가 많고 적음에 따라 내려놓는 것에 차이가 있을 뿐 여행을 떠나고 싶은 마음은 같다. 나 역시 여행을 떠나기 전 그런 고민을 했지만 나이가 어린 시절이었기에 더 쉽게 결정을 내리고 쉽게 훌훌 털어버리고 다녀올 수 있었다. 하지만 나이가 든 후 이런 선택을 하는 것은 보통 어려운 일이 아니다. 생각해야 할 것들이 너무 많기 때문이다.

세계일주를 계획하는 직장인들과 대화를 나누다보면 직장을 그만두고 세계일주를 떠나고 싶어한다. 그리고 그들은 여행에 너무 큰 의미를 담고 그 과정에서 내 인생을 바꾸어줄 무언가 대단한 보상이 있을 거라 기대한다. 그들이 느끼는 감정은 '이 지긋지긋한 직장을 그만두고 떠날거야!'이다. 하지만 어떻게든 그것을 놓고 여행을 다녀온 사람들은 다시 이곳으로 돌아와 재취업이라는 큰 난관에 부딪친다. 그 전과는 다르게 살 것이라 생각하지만 한국 사회에서 자신의 마음과 뜻을 그대로 유지한다는 것은 쉽지 않은 일이다.

여행을 통해 무언가 찾기를 바라지만 현실은 현실이다. 그런 점에서 어릴 때 세계일주 결심을 하면 그냥 가방을 꾸리고 떠나면 된다. 나름의 고민은 있겠지만 그 고민의 크기는 시간이 갈수록 커지기만 할 뿐, 결코 줄어들지 않는다. 아직 어리다는 이유로.

세계일주를 꿈꾸는
고등학생

세계일주 상담을 요청했던 사람들 중 조금 더 특별했던 학생이 있었다. 블로그를 통해 고등학교 2학년 학생의 연락을 받았다. 그 학생은 자신이 중학교 시절부터 내 블로그를 보며 내가 세계일주 여행을 하는 것을 함께 따라다니듯 대리만족을 했다고 한다. 내가 한국에 귀국하여 지내고 있으니 한번 만나 줄 수 있냐고 연락을 한 것이었다. 기특한 마음에 밥 한번 사줄 테니 일하고 있는 회사 근처로 시간이 날 때 오라고 하였다. 그 학생은 집이 상당히 먼 곳이었음에도 약속을 잡고 회사 근처로 왔다.

그 학생은 나를 보자마자 내 모습이 블로그의 사진으로 보던 모습과 너무나 똑같다며 반가워하고 신기해하였다. 그리고 나에게 선물을 주었는데 무엇인가 확인해보니 비타민이었다. 어린 학생이 먼 곳에서 찾아온 것도 기특한데 이렇게 비타민까지 사오니 대견했다.

세계일주를 다니던 시절에는 블로그에 여행 이야기만 올렸는데 여행이 끝나고 직장인이 되니 페이스북에 온통 회사 야근 이야기와 새벽에 택시 타고 집에 가는 이야기만 보여 고생한다며 이렇게 비타민을 사왔다고 한다.

그 학생과 삼겹살을 먹으며 이야기를 나누었는데 이렇게 직접 만나주어서 너무 영광이라고 하였다. 자신의 부모님도 어린 학생이 만나고 싶다고 연락을 주었을 때 거절하지 않고 이렇게 내가 만나준 것에 대해 고맙게 생각하고 있다고 하였다.

하지만 나는 그 학생이 나에게 연락을 해준 것이 오히려 더 고마웠다. 고등학교 2학년의 나이, 그 나이 때에 무언가를 얻기 위해 이렇게 적극적으로 누군가에게 연락하고 만남을 가져보려 노력한 어린 학생의 적극성이 부러웠다.

이 학생이 나에게 해주었던 말 중 유독 기억에 남는 말이 있다. 고등학교 1학년 때 '진로'라는 수업시간이 있었는데 그 수업시간은 매 시간마다 학생들이 돌아가며 자신의 진로에 영향을 준 사람을 발표했다고 했다. 수업시간마다 다른 친구들은 스티브 잡스, 빌 게이츠 등 누구나 알 법한 유명인사들을 이야기했지만 자신은 나를 발표했다고 한다. 선생님, 학생들 모두 '장찬영'이라는 사람이 누구인지도 모르는데 이 학생은 내가 자신의 인생의 진로에 영향을 준 사람이라고 발표를 했다고 한다.

학생의 말은 나에게 큰 감명을 주었다. 직장 생활을 하며 피곤에 지쳐 지내는 내가 어린 학생에게는 스티브 잡스와 빌 게이츠 못지않은 인물이라는 것이 스스로 놀라웠다. 내가 어린 학생의 마음에 큰 그림을 그려주었구나 하는 뭉클함과 뿌듯함을 느낄 수 있었다. 그렇게 자신이 궁금했던 여행 이야기를 나누다 학생이 나에게 물어보았다.

"형! 세계일주를 떠난다면 언제 떠나는 것이 좋을까요?"

나는 그 질문에 세계일주를 떠나는 것은 어리면 어릴수록 좋은 것 같다고 말해주었다. 실제로 내가 스물다섯 살 때 세계일주를 떠났지만 더 어릴 때 왔으면 얼마나 좋았을까 생각한 적이 있었다. 다시 스무 살로 돌아간다고 하면 나는 고등학교를 졸업하고 바로 세계일주를 떠났을 것이다. 여행을 통해 스스로의 갭이어(gap year)를 가졌을 것이다. 우리나라에는 생소하지만, 갭이어는 고등학교를 졸업하고 자신의 진로를 결정하기 전 1년 정도의 시간을 갖고 여행을 떠나는 것이다. 여행을 다니다 만난 너무나 많은 외국인들, 주로 유럽인들은 18살, 19살의 나이로 고등학교를 졸업하고 여행을 다니고 있었다. 그들이 어린 나이에 이런 경험을 하고 있다는 것이 너무나 부러웠다.

그 학생과의 만남이 있고 몇 개월 후 오랜만에 다시 연락이 왔다. 지금 고민 중인 것이 있다면서 또 상담 요청을 한 것이다. 무슨 고민인가 들어보고는 너무 놀랐다. 고등학교를 자퇴하고 세계일주를 떠나겠다고 하는 것이다. 부모님한테까지 말을 했다니 부모님이 얼마나 놀라셨을지 상상이 간다.

어린 학생의 입장에서 세계일주를 다녀오면 이 모든 것을 보상받을 수 있을 것이라 생각을 했던 것 같다. 너무나 위험한 생각이다. 요즘처럼 여행이 보편화된 세상에서 세계일주라는 것이 미래를 보장해주기는 힘들다. 그 학생에게는 고등학교를 졸업하고 떠나는 것이 어떻겠냐 말해주었다. 방황하고 고민하고 있는 사람이 여행을 통해 해답을 찾을 수 있지만 꼭 그것만이 정답이 아닐 수 있다. 우리 인생을 신중하게 생각하고 결정해야 하는 것이다.

세계일주를 다녀온 후 나의 모습이 그 어린 학생에게 어떻게 비춰졌을지 생각해 보았다. 그래서 여행을 다녀온 후 일상을 살아가는 나의 모습이 그들에게 어떻게 비춰질지, 그리고 나 자신은 나에 대해 어떻게 생각을 하는지 스스로에게 물어본다.

　세계일주의 기준은 뭘까? 전 세계의 모든 나라를 다녀와야만 세계일주라고 부르진 않는다. 그렇다면 전 세계의 200여 개가 넘는 국가 중 몇 개의 국가를 다녀와야 세계일주로 인정해주는 것일까? 나는 1년 6개월 동안 5대륙 23개국을 여행하고 왔다. 세계일주에 대한 정의는 제각각이지만 지구를 한 바퀴 돌아 제자리로 돌아오거나 전 세계의 모든 대륙을 경유하여 여행을 마치면 세계일주로 인정하는 것 같다.

　세계일주를 다녀온 후 8년이라는 길지 않은 시간이 흘러갔고 그 사이 세상은 많이 변했다. 내가 세계일주를 다니던 당시에는 스마트폰이 없는 것이 당연했다. 여행지에서 길을 찾아 돌아다닐 때면 종이로 된 지도를 들고 나침반으로 동, 서, 남, 북 방향을 확인하며 다녔다. 지금은 스마트폰 하나만 있으면 너무 쉽게 길을 찾을 수 있고 국내에 있는 지인들에게 쉽게 연락을 할 수도 있다. 분명 보다 편안하게 여행을 다닐 수 있는 상황이 되었지만 내가 다녀왔던 시절의 여행이 그리워지는 것은 세상과의 단절이 주는 행복감 때문일 것이다.

삶이 있어야 여행도 있다.

여행과 삶을 꼭 구분지어야 할까? 우리의 일상이 매일 반복되고 지루하고 재미없기 때문에 새로운 곳으로의 여행을 꿈꾼다. 일상과 여행의 간극이 크기 때문에 더욱더 여행을 갈망하게 된다.

일상이 우리 삶의 기본이라면 여행은 그 삶을 위한 에너지를 재충전해줄 수 있는 시간이다. 하지만 우리들의 삶은 여러 가지 이유로 재충전의 시간을 허락하지 않는다.

여행을 다니며 만난 많은 유럽 친구들에게는 몇 개월씩 여행을 다니는 것이 너무나 자연스러웠다. 앞으로 우리나라에서도 장기 여행을 떠난다는 것이 큰 결심과 희생이 필요한 것이 아닌 자연스러운 우리 삶의 일부가 되길 희망한다.

여행이 장기화되어 매너리즘이 생겼을 때 반복되는 여행은 더 이상 여행이 아니었다. 반대로 반복되는 일상에 너무 지쳐 더 이상 새로운 삶의 활력이 샘솟지 않는다면 또 다시 떠날 때가 된 것이라 생각한다. 아직 가보지 못한 아프리카, 중앙아메리카의 아름다운 나라들, 에베레스트 등반, 시베리아 횡단열차, 산티아고 순례길 등등 나는 또 다른 여행을 꿈꾸며 오늘을 살아가고 있다.

꿈을 꾸었다.
세계일주를 다니는 꿈이었다.

발바닥에 찬 바람이 느껴져 잠에서 깨었다.
창문의 커튼이 바람에 흔들리고 있었고
커튼 사이로 빛이 새어 나오고 있었다.
커튼을 걷고 창 밖을 바라보니 뿌연 먼지와 함께
회색빛의 이집트 시내가 보였다.
그렇다. 나는 세계일주를 하고 있었다. 꿈이 아니었다.

꿈을 꾸었다.
세계일주를 다니는 꿈이었다.

알람 소리에 잠에서 깨어 창 밖을 바라보니
아직 어둑어둑하다.
어서 씻고 출근해야 한다. 가끔은 이 모든 것이
꿈이었으면 할 때가 있다.

2018년 9월 17일 초판 1쇄 발행

지은이	장찬영
발행인	송민지
기획	오대진, 강제능
디자인	김영광
마케팅	신하영
경영지원	한창수
운영지원	서병용

발행처 도서출판 피그마리온
서울시 영등포구 선유로 55길 11, 4층
전화 02-516-3923
팩스 02-516-3921
이메일 books@easyand.co.kr
www.easyand.co.kr

브랜드 EASY & BOOKS
EASY&BOOKS는 도서출판 피그마리온의 여행 출판 브랜드입니다.

등록번호 제313-2011-71호
등록일자 2009년 1월 9일

ISBN 979-11-85831-62-6
정가 15,000원